NOUVELLE COLLECTION MOLIÉRESQUE

VIII

LA FOLLE QUERELLE

TIRAGE

3oo exemplaires sur papier vergé (n°s 4.1 à 34o).
20   —   sur papier de Chine (n°s 1 à 20).
20   —   sur papier Whatman (n°s 21 à 4.0).

34o exemplaires, numérotés.

N^o

LA
FOLLE QUERELLE

OU LA

CRITIQUE D'*ANDROMAQUE*

COMÉDIE

ATTRIBUÉE A MOLIÈRE ET A SUBLIGNY

AVEC UNE PRÉFACE

PAR

LE BIBLIOPHILE JACOB

PARIS

LIBRAIRIE DES BIBLIOPHILES

Rue Saint-Honoré, 338

—

M DCCC LXXXI

PRÉFACE DE L'ÉDITEUR

IL nous aurait suffi sans doute de renvoyer le lecteur à l'excellent et précieux recueil que M. Victor Fournel a publié sous le titre des CONTEMPORAINS DE MOLIÈRE (*Paris*, *Firmin-Didot*, 1869-75, 3 *vol.* in-8), *dans lequel* LA FOLLE QUERELLE *a été réimprimée* in extenso (*tome III*, *pages* 482-544), *avec une intéressante notice sur Subligny*, *si nous n'avions pas en vue la collaboration*, *incontestable selon nous*, *de Molière, dans cette comédie, ce que M. Victor Fournel n'a pas supposé probable ni même possible. Son ingénieuse discussion, d'ailleurs, ne porte pas de ce côté-là, et il s'en est tenu à l'opinion dédaigneuse émise dans une note de l'*HISTOIRE DU THÉÂTRE FRANÇOIS, *des frères Parfaict* (tome X, *page* 280) : « *On dit que M. Racine fut du nombre de ceux qui*

a

crurent cette pièce de Molière, et qu'il pensa se brouiller avec lui à ce sujet. Cependant rien ne ressemble moins au style et au talent de Molière. »
Voilà le point important, qui nous paraît devoir appeler notre attention.

La véritable brouille de Molière avec Racine ne date pas, comme on l'a dit souvent, du mauvais procédé de ce dernier, qui retira brusquement sa tragédie d'ALEXANDRE du théâtre du Palais-Royal, pour la porter au théâtre de l'Hôtel de Bourgogne, où elle réussit avec éclat, tandis qu'elle avait été accueillie assez froidement sur la scène de Molière. Ce fut une cause d'éloignement entre les deux auteurs, mais non une rupture complète. ALEXANDRE, joué la première fois au Palais-Royal le 11 décembre 1665, n'avait eu que dix représentations. « Le mesme jour (18 décembre 1665), dit la Grange, la Troupe fust surprise que la mesme pièce d'ALEXANDRE fust jouée sur le théastre de l'Hôtel de Bourgogne. Comme la chose s'estoit faite de complot avec M. Racine, la Troupe ne crust pas devoir les parts d'autheur audit M. Racine, qui en usoit si mal que d'avoir donné et fait apprendre la pièce aux autres Comédiens. » On cessa donc de jouer la pièce au Palais-Royal après la représentation du 27 décembre. On n'est pas bien d'accord sur les motifs qui avaient décidé Racine à commettre un acte d'ingratitude et d'indélicatesse à l'égard de Molière qui lui avait témoigné d'abord tant de sympathie et de bienveillance. D'après la version du FuRETIERANA, ce seraient les amis de Racine qui lui auraient conseillé de ne pas donner sa tragédie à une « Troupe qui ne sait jouer que le comique ». Mais la Gazette en vers de Robinet dit formellement que cette tragédie aurait été jouée à la fois sur les deux théâtres, sept jours après la première représentation qui avait eu lieu d'abord au Palais-Royal. Quant à la retraite de Racine, avec sa pièce, qu'il donna et fit apprendre aux comédiens de l'Hôtel de Bourgogne, pendant que Molière la faisait monter sur son théâtre, cette retraite brusque et malhonnête fut certainement le résultat d'un complot entre lui et Mlle du Parc. Il l'aimait et il en était aimé ; il était jaloux de Molière, qui aimait aussi cette belle comédienne et qui la retenait dans sa Troupe par un engagement qu'elle ne put rompre qu'à la fin de l'année théâtrale de 1666, c'est-à-dire le 29 mars 1667. La Grange ajouta depuis cette note dans son Registre : « Mlle du Parc a quitté la Troupe et a passé à l'Hôtel de Bourgogne, où elle a joué ANDROMAQUE de M. Racine. » Et voilà la guerre allumée! dit la Fontaine, dans sa fable des DEUX COQS.

Racine était donc en pleine possession de sa maîtresse quand il fit représenter ANDROMAQUE, où Mlle du Parc jouait le principal rôle et con-

*tribua beaucoup au succès de la pièce. La pre-
mière représentation eut lieu le 18 novembre 1667,
suivant les conjectures des frères Parfaict. C'est
seulement le 25 mai 1668 qu'on représenta la
Critique d'Andromaque au théâtre du Palais-
Royal, et cette comédie ne fut achevée d'imprimer que le 22 août, sous le titre de LA FOLLE
QUERELLE, OU LA CRITIQUE D'ANDROMAQUE. Elle
avait obtenu un succès qui dura plus longtemps
qu'on ne pouvait l'espérer, car elle fut représentée vingt-huit fois jusqu'au dimanche 9 décembre, où elle produisit une recette de 400 livres,
grâce à la comédie de GEORGES DANDIN, qu'on jouait
aussi ce jour-là. La plupart des autres représentations, où la pièce attribuée à Subligny accompa-
gnait ordinairement une comédie de Molière, n'a-
vaient donné que des recettes très inférieures à la
dernière. Le bruit que cette pièce avait fait dans sa
nouveauté s'était répandu hors du théâtre, et pro-
venait des circonstances accessoires qui avaient
précédé et amené son apparition sur le théâtre de
Molière. Personne n'ignorait que Molière et Racine étaient brouillés irrévocablement, et la représentation de LA CRITIQUE D'ANDROMAQUE avait
mis en évidence les causes réelles de cette brouille.
Ce n'étaient plus deux poètes rivaux, mais deux
amants jaloux qui se trouvaient en présence, Molière et Racine, Oreste et Pyrrhus, se disputant le
cœur d'Andromaque et de Mlle du Parc. On n'eut*

pas de peine à croire que Molière était l'auteur de la pièce qu'il avait mise sous le nom de Subligny ; Racine le crut le premier et ne manqua pas de le dire partout. C'est ainsi que LA CRITIQUE D'ANDRO-MAQUE, *jouée le 25 mai 1668, devint* LA FOLLE QUERELLE *sur le titre de l'édition imprimée le 22 août.*

Robinet avait annoncé, dans sa lettre en vers du 12 mai, la représentation de cette comédie nouvelle :

> Envoyons donc la guerre paître,
> Et ne parlons plus de combats,
> Qui n'ont aussi gueres d'appas
> S'ils ne sont combats de ruelles
> Entre les galants et les belles,
> Ou d'aimables conflits d'esprit,
> Tel que nagueres on m'apprit.
> Sur le poème d'ANDROMAQUE,
> Où, sans faire tique ni taque,
> Sinon que de bec seulement,
> Chacun en dit son sentiment.
> Or une plume fine et belle,
> Sous le nom de FOLLE QUERELLE,
> En a fait même le sujet
> (Qu'on tient bien tourné tout à fait)
> D'une petite comédie
> Aussi plaisante que hardie,
> Et qu'enfin la Troupe du Roi
> Donnera vendredi, je croi.
> Comme on aime ce qui fait rire,
> Surtout en critique et satire,
> Dieu sçait comme en foule on ira,
> Notamment sur ce qu'on sçaura
> Que la piece qu'on examine
> Est l'ANDROMAQUE de Racine.

a

LA FOLLE QUERELLE, *représentée le 25 mai avec* RODOGUNE, *de Corneille, ne donna pourtant qu'une recette de 202 livres 10 sous, mais elle réussit assez bien pour que Robinet pût dire le lendemain, dans une lettre du 26 mai :*

Je certifie aux curieux,
Que LA FOLLE QUERELLE est à present jouée
Et mesme grandement louée;
Mais, pour le sçavoir mieux, qu'ils aillent sur les lieux.

Les échos des coulisses eurent bientôt fait succéder le nom de Molière à celui de Subligny, et dès lors personne ne douta, dans le monde dramatique et littéraire, que Molière ne fût, du moins pour la plus grande part, l'auteur de LA FOLLE QUERELLE, *qui avait encore sur les affiches le seul titre de* LA CRITIQUE D'ANDROMAQUE.

« Cette comédie, dit Subligny dans la préface de la pièce imprimée, a diverty assez de monde, dans le grand nombre de ses representations, et elle a mesme assez plû à ses ennemis, pour borner la vengeance qu'ils en ont prise à publier que le plus habile homme que la France ait encore en ce genre d'escrire en estoit l'autheur, je veux dire M. de Molière, et qu'il n'y avoit rien de moy que mon nom. » L'opinion publique refusait même à Subligny le mérite d'une modeste collaboration, car on avait, pour ne pas l'admettre, les analogies frappantes que le style de cette pièce

présente avec le style de Molière. « Deust-on ne trouver plus ma comédie si belle, dit encore Subligny, je fais conscience d'exposer davantage cet homme illustre aux reproches que méritent, à ce qu'on dit, les faiseurs de Critiques. C'est donc moy qui ay fait le crime. » Cette déclaration, si formelle qu'elle soit, n'est pas faite pour nous convaincre : car Subligny prétend avoir imité la manière de Molière, afin de justifier la ressemblance caractérisée du style de LA FOLLE QUERELLE avec celui des comédies de Molière. « J'ay tasché seulement, dit-il, à le commettre (le crime de critiquer ANDROMAQUE) de l'air dont M. de Molière s'y seroit pris, parce que sa manière d'escrire me plaît fort; que je voudrois toujours l'imiter, si j'avois à travailler pour la scène, et que mesme, si l'envie m'en prend quelque jour, je le prieray hardiment de me donner de ses leçons. »

Le reste de la préface vise au même but que la pièce elle-même : c'est une critique à fond de train, souvent très juste et très raffinée, des fautes de style qu'on peut découvrir dans la tragédie d'ANDROMAQUE, et cette critique a trop de portée, à notre avis, et aussi trop d'autorité, pour être d'un écrivain qui ne s'était fait connaître que par des gazettes en vers et qui n'eût pas préludé à de rudes attaques par cet éloge exagéré de l'ouvrage de Racine : « Je fus charmé, dit-il, à la première représentation de l'ANDROMAQUE ; ses beau-

*tez firent sur mon esprit ce qu'elles firent sur ceux
de tous les autres, et, si je l'ose dire, j'adoray le
beau génie de son autheur, sans connoistre son
visage : le ton de son esprit, la vigueur de ses
pensées et la noblesse de ses sentiments m'enle-
vèrent en beaucoup d'endroits, et tant de belles
choses firent que je luy pardonnay volontiers les
actions peu vraysemblables ou peu régulières que
j'y avois remarquées. »* On ne croirait pas que ce
début si louangeur mène droit à une critique im-
placable, laquelle ne peut venir que d'un maître
sévère et prévenu, qui prend à partie le jeune auteur
d'Andromaque, *tout en proclamant que* la France
a intérêt de ne point arrêter au milieu de sa
carrière un homme qui promet visiblement
de lui faire beaucoup d'honneur. *S'il avoit,
ajoute-t-il, s'il avoit observé, dans la conduite de
son sujet, de certaines bienséances qui n'y sont
pas, s'il n'avoit pas fait toutes les fautes qui
y sont contre le bon sens, je l'aurois déjà égalé,
sans marchander, à nostre grand Corneille. »* Il
est difficile de ne pas reconnaître la main et le
ressentiment de Molière dans cette préface, où il
semble avoir accumulé les plus amères critiques,
dont il n'avait pu faire usage dans le cours des
trois actes de la Folle Querelle.

Le sujet de cette comédie est peu de chose,
*quoique très favorable à des discussions littérai-
res et grammaticales sur la pièce de Racine.*

Éraste doit épouser Hortense, qui ne l'aime pas, parce qu'elle aime Lisandre ; mais sa mère, Sylviane, a décidé ce mariage. Hortense entame une folle querelle *avec son* accordé, *au sujet* d'ANDROMAQUE, *qu'elle critique sans pitié et même avec exagération, tandis que celui-ci se fait à tout propos le prôneur passionné et peu intelligent de la pièce en vogue. Telle est* la folle querelle *qui se poursuit pendant trois actes, et dans laquelle l'avantage finit par rester à Hortense, laquelle congédie le* contredisant, *qui s'est rendu insupportable à tout le monde en défendant si mal* ANDROMAQUE, *que sa maîtresse attaquait si bien. Un pareil sujet est bien léger et paraît peu attachant, mais cependant il a été traité d'une façon ingénieuse et spirituelle ; il sert merveilleusement de prétexte à des critiques cruelles de l'œuvre de Racine, à travers des scènes amusantes et bien trouvées, que rehausse partout un excellent style comique. Il est possible que Subligny ait imaginé le cadre de la pièce et qu'il en ait esquissé quelques scènes, mais assurément c'est Molière qui a corrigé et remanié le tout, en y laissant l'empreinte de son style et de son dialogue comique.*

Voyez ce portrait de la Vicomtesse, « *qui a laissé perdre quarante mille livres de rente depuis son veuvage pour ne vouloir songer qu'à des avantures de Romans ; qui, quand elle va chez les avocats ou les procureurs, souhaite qu'ils ne soyent pas chez eux, de peur de parler d'affaires, et qui croit avoir gagné un empire quand elle ne les a pas trouvez, sans songer que c'est sa ruine. »* Ajoutez à cela cette piquante anecdote sur cette romanesque personne : « *On la vint exécuter, ces jours passez, pour ses dettes, et, pendant qu'on détendoit sa tapisserie, Madame estoit encore dans son lit, qui disoit aux sergents :* Faites tout doucement et ne m'éveillez pas. » *Puis, le personnage d'Eraste, dépeint par la femme de chambre d'Hortense : Cet Eraste,* « *qui est l'homme du monde le plus contredisant, s'avise de faire le bel esprit chez nous, depuis qu'il se mesle d'aller à la Comédie et que, quand Madame dit son avis, il prend le parti contraire à tort et à travers, quoyqu'on sçache bien que ce soit la chose dont il puisse le moins parler et qu'il s'y connoisse moins qu'à de l'hebreu.* » *N'est-ce pas le style de Molière?*

Écoutons maintenant la Vicomtesse, qui soutient que tout est admirable dans l'ANDROMAQUE : « *C'est peut-estre la tragédie où toutes choses sont de meilleur exemple, et j'y songeois encore hier en rendant visite à une petite provinciale fort au-dessous de ma qualité, qui eut l'insolence de m'attendre dans sa chambre et sur un siège, au lieu de venir au-devant de moy. Hélas! dis-je, cela est bien éloigné de l'honnesteté de Pirrhus,* qui, loin de souffrir qu'on amène Oreste à son audience, le va chercher où il est, pour sçavoir le sujet de son ambassade. » Ce à quoi reprend Alcipe avec infiniment de malice : « Je n'ay point encore veu de gens qui n'aient ry à cette pièce, lorsque Pirrhus y vient dire à Oreste : Je vous cherchois partout, Seigneur, au lieu de le mander dans son cabinet. » On ne parloit, au reste, que d'ANDROMAQUE dans la maison d'Hortense : « J'en ay tellement la teste estourdie depuis hier, dit la femme de chambre Lise, que je crois que je n'entendray parler d'autre chose. Cuisinier, cocher, palfrenier, laquais et jusqu'à la porteuse d'eau, il n'y a personne qui n'en veuille discourir ; je pense mesme que le chien et le chat s'en mesleront si cela ne finit bientôt. »

Les mots, les phrases, les boutades dans les goût de Molière, se montrent à chaque page dans la pièce : Acte II, Scène VIII. LA VICOMTESSE, à César, son valet. Hé bien, monsieur le coquin, où estoient donc mes gens quand j'ay voulu rentrer chez moy ? — CÉSAR. Peut-estre que je dormois, Madame. — LA VICOMTESSE. Je vous apprendray, petit sot... — Scène IX. LA VICOMTESE. J'aime tant la bonne foy de cette pauvre vefve (Andromaque), quand elle fait son testament et qu'elle confie Astianax à sa suivante, avant que de se tuer ! — ERASTE. Hé bien ! Madame, il y a des impertinens qui ont blasmé cela. — LA VICOMTESSE. Je le sçais. Il y eut

une petite créature qui trouva hier l'endroit délicat : « Si j'avois esté, dit-elle, à la place d'Andromaque, j'aurois voulu coucher deux ou trois
nuits avec Pirrhus, afin qu'il permist à Cephise de
disposer de mon fils aprés ma mort. » L'imperti-
nente ! — ERASTE. Donc, Madame, si elle eût fait
cela, l'envie de se tuer ne luy seroit peut-estre pas
demeurée, et cela auroit gasté sa vertu... » C'est
dans cette plaisante scène que Langoumois veut
avertir son maître d'un complot qui l'intéresse
au plus haut degré, et ne parvient pas à se faire
écouter, tant le débat est vivement engagé sur les
beautés d'ANDROMAQUE, jugée et appréciée par
deux fous. Combien d'expressions semblent em-
pruntées à des comédies de Molière : « Oh ! que
vostre cousin est un estrange homme ! » — « Il m'a
donné un joly detour, quand je luy ay parlé de
cela. » — J'ay gagné temps jusqu'à demain. » —
« Ah ! l'on ne peut guère tromper des yeux in-
téressez, et je l'ay bien dit, à les voir parler d'action, comme ils faisaient. » — « Ma fille n'est point
du tout vostre fait. » — « Pour moy, je ne prendrois
pas plaisir à me faire aimer par force, et je ne
voudrois obtenir une personne que d'elle-mesme. »

Tout bien examiné, et à bien lire entre les
lignes du dialogue de LA FOLLE QUERELLE, cette
comédie avait été préparée et même ébauchée par
Subligny ; Molière l'a refaite et retouchée de
fond en comble. Racine en était si persuadé qu'il

n'a pas fait droit, du vivant de Molière, aux critiques qui lui avaient été faites ; mais Racine, qui n'avait rien changé à son texte dans l'édition d'Andromaque donnée au commencement de 1673, l'a corrigé dans les éditions postérieures, conformément aux observations des auteurs de LA Folle Querelle. Subligny, d'ailleurs, avant la mort de Molière, s'était rapproché de Racine et était devenu un de ses partisans les plus dévoués.

Enfin, ce qui caractérise surtout la prose de Molière, c'est le rythme ou la langue prosodique dans les couplets et tirades de quelque étendue, comme on l'a remarqué en quelques scènes du Sicilien et du Bourgeois Gentilhomme. Eh bien! ce rythme, cette prosodie, se retrouvent dans plusieurs endroits de LA Folle Querelle. Par exemple, dans la scène II de l'acte II : Lysandre :

> Non, non, Madame, on pourroit vous contraindre
> A plus que vous ne voudriez.
> Choisissons le plus court :
> Prestez la main à vostre enlevement ;
> Vous me l'avez promis à l'extrémité,
> Et nous y sommes.
> Ce coup rompra celuy que j'apprehende :
> Il fera que mon père
> Accordera tout ce qu'on voudra
> Pour étouffer l'affaire,
> Et pressera luy-mesme nostre mariage,
> Nous sommes deux partis égaux :
> Eraste n'est qu'un Inconnu,
> Qui trompe vostre mere...

b

C'est surtout dans cette prose cadencée et musicale que Molière trahit ses habitudes de débit oratoire. On peut donc dire que Molière a passé par là.

Adrien-Thomas Perdou, dit de Subligny, qui s'intitulait avocat au Parlement, avait été comédien dans les Troupes de province, comme le disent l'abbé Granet dans son Recueil de Dissertations sur plusieurs tragédies, *de Léris dans son* Dictionnaire des Théatres, *et le chevalier de Mouhy dans son* Abrégé de l'Histoire du Théatre françois. *Les frères Parfaict et, d'après eux, Jal et M. Victor Fournel, ont prétendu que Subligny n'avait jamais paru sur un théâtre. On comprend que, faisant partie du barreau, il ait cherché à effacer les traces de sa jeunesse aventureuse ; mais sa liaison intime avec Molière et les comédiens du Palais-Royal nous semble résulter d'anciens rapports de camaraderie théâtrale. On s'explique par là comment Molière avait eu assez de confiance en lui pour mettre la main à la composition de* la Folle Querelle, *représentée sous le prête-nom de Subligny, et assez d'amitié et de reconnaissance à son égard pour recevoir au Palais-Royal une autre de ses pièces,* le Désespoir extravagant, *jouée le 1ᵉʳ août 1670 avec assez de succès. Nous savons, grâce aux recherches de Jal dans les registres de l'état civil de Paris, que Subligny avait eu, au mois de juil-*

let 1666, *une fille naturelle dont il n'épousa la mère,*
Mlle Bourgoin d'Ailly, que l'année suivante.
C'étaient là les mœurs du théâtre, et cette fille
naturelle fut danseuse, avec le nom de son père
et sous ses yeux, à l'Académie royale de mu-
sique, où elle débuta, en 1682, à l'âge de seize
ans.

Nous ne répéterons pas ici ce que nous avons
*dit (É*NIGMES ET *D*ÉCOUVERTES BIBLIOGRAPHIQUES,
1866, pag. 281 et suiv.) des gazettes en vers de
Subligny, que M. Victor Fournel n'a pas bien
connues, car il ne cite que la M*USE* DAUPHINE,
publiée chez Barbin en 1667. Non seulement
Subligny donna une continuation à cette M*USE*
DAUPHINE, *qui recommençait à paraître, par ca-*
hiers hebdomadaires de douze pages in-12, à partir
du 2 février 1667, et qui n'alla pas au dela de la
neuvième semaine, mais il avait publié aupa-
ravant LA M*USE DE LA* C*OUR, en neuf cahiers*
in-4, chez le libraire Alexandre Lesselin, du
15 novembre 1665 au 25 janvier 1666. Il ne s'é-
tait pas nommé sur les titres des cahiers de cette
M*USE DE LA* C*OUR, bien qu'il eût dédié les épîtres*
qui la composent à tous les princes de la famille
royale. Dans ces gazettes en vers, il avait té-
moigné souvent de ses sympathies pour Molière,
en rendant compte de ses comédies ; par exemple,
dans la troisième semaine de la M*USE* DAUPHINE
de 1667, la brillante réussite de L'A*MOUR* MÉDE-

CIN *lui suggéra l'idée d'un conte satirique sur les médecins :*

On devroit défendre à Moliere
D'avoir desormais de l'esprit,
Car il ne cesse pas de plaire :
S'il compose toujours de sa belle maniere,
De plaisir ou d'horreur tout le monde perit.
Ses MÉDECINS ont fait une fort belle affaire.
Un gentilhomme qui les vit
Entra contre leur Corps en si grande colere
Que, quelques jours après, étant malade au lit,
Lorsqu'il les fallut voir, il n'en voulut rien faire.
Son confesseur vint et luy dit :
«Monsieur, vous vous perdez! Rien n'est si necessaire.»
On en fait venir trois. Le malade s'aigrit,
Et, croyant qu'à leur ordinaire,
Au lieu de consulter, ils vont faire debit
De mules, de chevaux, d'habits, de bonne chere,
Comme au théâtre de Moliere,
Il pousse un soupir de dépit,
Et ce fut le dernier qu'il fit.

Subligny écrivait en vers très facilement et très agréablement, dans le goût de Chapelle ; il écrivait encore mieux en prose. LA FAUSSE CLÉLIE, HISTOIRE FRANÇOISE GALANTE ET COMIQUE, *qui vit le jour en 1672, ne ressemble guère à la fameuse* CLÉLIE, HISTOIRE ROMAINE, *de Mlle de Scudéry :* « *C'est, dit M. Victor Fournel, une histoire d'une physionomie toute moderne, dont les personnages passent par des aventures familières et plaisantes, et que remplissent des récits épisodiques écrits d'un style leste, narquois et libre, dans une veine positive, très opposée au genre à* la mode. » *Il écrivit d'un style plus tendre et plus délicat sa traduction des* LETTRES PORTUGAISES *de Mariane Alcaforada, et d'un style plus précieux et plus galant les* AVENTURES OU MÉMOIRES DE LA VIE DE HENRIETTE-SYLVIE DE MOLIÈRE, *qu'on attribuait à son amie la comtesse de la Suze. Sa vocation le portait surtout vers le théâtre : après son* DÉSESPOIR EXTRAVAGANT, *qui n'a pas été imprimé, il put encore faire jouer la* COQUETTE ET LA FAUSSE PRUDE, *le* 18 *décembre* 1686, *mais il ne la fit pas imprimer. Quant à sa comédie de* L'HOMME A BONNES FORTUNES, *n'étant pas parvenu à la faire représenter, il la vendit cinq cents écus à Baron, qui la joua lui-même et la mit dans ses œuvres.*

P L. JACOB, *bibliophile.*

LA
FOLLE QUERELLE

LA FOLLE
QUERELLE

OV

LA CRITIQVE
D'ANDROMAQVE.

COMEDIE

REPRESENTEE PAR LA
Troupe du Roy.

A PARIS,

Chez THOMAS IOLLY, au Palais, en la
Salle des Merciers, au coin de la Galerie des
Prisonniers, à la Palme et aux Armes
d'Hollande.

M. DC. LX VIII.
AVEC PRIVILEGE DV ROY.

A MADAME LA MARESCHALLE

DE

L'HOSPITAL

MADAME,

MA CRITIQUE s'est imaginé qu'après vous avoir fait rire deux ou trois fois, elle vous feroit rire tousjours. Sa presomption est tout à fait grande ; mais, MADAME, je ne laisse pas de vous la presenter, parce que c'est une occasion de vous donner de nouvelles assurances de mes respects, et que je ne veux en laisser eschaper aucune. Peut-estre me soupçonnerez-vous d'agir par quelque autre interest, et de ne *vous l'offrir que pour mettre adroitement mon coup d'essay sous vostre protection? Je ne m'opposeray point à ce soupçon qui ne me sçauroit estre qu'avantageux, et l'honneur d'estre protegé d'une personne comme vous est assez considerable pour ne me deffendre pas d'avoir eu dessein de me le procurer. Peut-estre aussi craignez-vous que je ne me veüille servir de la même occasion pour vous donner des loüanges; mais, Madame, je sçay trop qu'aux charmes inévitables de la beauté et qu'aux lumieres et à la delicatesse de l'esprit vous joignez une modestie qui ne souffriroit qu'avec peine tout ce qu'on seroit obligé de vous dire. Qu'un autre que moy fasse tant qu'il luy plaira vostre éloge. Qu'il publie que vous donnez lieu à la fortune de se plaindre de vous, de ce que la fidelité inviolable que vous voulez garder aux cendres d'un illustre epoux l'empesche d'élever vostre vertu aux grandeurs qu'elle merite; c'est une verité qui n'a pas besoin de mon témoignage pour estre connuë de toute la terre, et je me contente de demeurer aux termes que la raison me prescrit, de vous assurer que personne n'est avec plus de respect que moy,*

MADAME,

Vostre tres-humble et tres-obeyssant serviteur,

DE SUBLIGNY.

PRÉFACE

ETTE comedie a diverty assez de monde, dans le grand nombre de ses representa-tions, et elle a mesme assez plû à ses ennemis pour borner la vengeance qu'ils en ont prise à publier que le plus habile homme que la France ait encore eu en ce genre d'écrire en estoit l'autheur, je veux dire monsieur de Moliere, et qu'il n'y avoit rien de moy que mon nom. Je sçay combien cette erreur m'a esté avantageuse; mais je n'ay pas le front d'en profiter plus long-temps, et, deust-on ne trouver plus ma comedie si belle, je fais conscience d'exposer d'avantage cet homme illustre aux reproches que meritent, à ce qu'on dit, les faiseurs de critiques. C'est donc moy qui ay fait le crime. J'ay tasché seulement à le commettre de l'air dont monsieur de Moliere s'y seroit pris, parce que sa maniere d'écrire me plaist fort, que je voudrois toûjours l'imiter si j'avois à travailler pour la scene, et que même, si l'envie m'en prend quelque jour,

je le prieray hardiment de me donner de ses leçons;
mais tant s'en faut que j'aye presté mon nom à
personne, qu'au contraire, si j'en avois esté crû,
on n'auroit pas sceu qui je suis. Ce n'est pas qu'en
critiquant l'*Andromaque*, je me sois imaginé faire
une chose qui deût m'obliger à me cacher; c'est
une petite guerre d'esprit qui, bien loin d'oster la
reputation à quelqu'un, peut servir un jour à la
luy rendre plus solide, et il seroit à souhaiter que
la mode en vînt pour deffendre les autheurs de la
fureur des applaudissemens, qui souvent, à force
de leur persuader malgré eux qu'ils ont atteint la
perfection dans un ouvrage, les empeschent d'y
parvenir par un autre qu'ils s'éforceroient de faire
avec plus de soin. Je fus charmé à la premiere re-
presentation de l'*Andromaque*; ses beautez firent
sur mon esprit ce qu'elles firent sur ceux de tous
les autres, et, si je l'ose dire, j'adoray le beau genie
de son autheur sans connoistre son visage. Le tour
de son esprit, la vigueur de ses pensées et la noblesse de ses sentimens m'enleverent en beaucoup
d'endroits, et tant de belles choses firent que je luy
pardonnay volontiers les actions peu vray-sem-
blables ou peu regulieres que j'y avois remarquées.
Mais, lors que j'appris, par la suite du temps, qu'on
vouloit borner sa gloire à avoir fait l'*Andromaque*,
et qu'on disoit qu'il l'avoit écrite avec tant de re-
gularité et de justesse qu'il falloit qu'il travaillast
toûjours de mesme pour estre le premier homme
du monde, il est vray que je ne fus pas de ce sen-
timent. Je dis qu'on luy faisoit tort, et qu'il seroit
capable d'en faire de meilleures. Je ne m'en dédis

point, et, quelque chagrin que puissent avoir contre moy les partisans de cette belle piece, de ce que je leur veux persuader qu'elle les a trompez quand ils l'ont crû si achevée, je soustiens qu'il faut que leur autheur attrape encore le secret de ne les pas tromper, pour meriter la loüange qu'ils luy ont donnée d'écrire plus parfaitement que les autres. Je ne pretends pas faire croire qu'ils soient moins spirituels pour avoir esté ébloüis ; au contraire, je le prens pour une marque de leur vivacité et d'une delicatesse d'esprit peu commune, qui, sur la moindre idée qu'elle reçoit d'une belle chose, la conçoit d'abord dans sa pureté et dans toute sa force, sans songer si les termes qui l'expriment signifient bien ce que l'autheur a voulu dire. Il faut bien que cela soit, puisque, si l'on se veut donner la peine de lire l'*Andromaque* avec quelque soin, on trouvera que les plus beaux endroits où l'on s'est escrié, et qui ont remply l'imagination de plus belles pensées, sont toutes expressions fausses ou sens tronquez qui signifient tout le contraire ou la moitié de ce que l'autheur a conceu luy-mesme, et que, parce qu'un mot ou deux suffisent à faire souvent deviner ce qu'il veut dire, et que ce qu'il veut dire est beau, l'on y applaudit sans y penser, tout autant que s'il estoit purement écrit et entie-rement exprimé. La France a interest de ne point arrester au milieu de sa carriere un homme qui promet visiblement de luy faire beaucoup d'hon-neur. Elle devroit le laisser arriver à ce point de pureté de langue et de conduite de theatre qu'il sçait bien luy-mesme qu'il n'a pas encore atteint :

car, autrement, il se trouveroit qu'au lieu d'avoir
déja surpassé le vieux Corneille, il demeureroit
toute sa vie au dessous. Le theatre ne m'a point
permis de m'estendre sur les fautes de la diction
dans le troisiesme acte de ma Critique, de crainte
que l'action n'en fût trop refroidie; mais, aprés
tout, je n'ay point remarqué, en lisant l'*Andromaque*, qu'elle fust si bien escrite que l'autheur se
deust regler entierement sur elle à l'avenir. Par
exemple, quand il dit :

> Pourquoy, dans vos chagrins sans raison affermy,
> Vous croirez-vous toûjours, Seigneur, mon ennemy ?

je ne trouve point que *vous croirez-vous mon ennemy*, pour dire *me croirez-vous vostre ennemie*,
soit une chose bien escrite, et quand il dit encore :

> Mais les Grecs sur le fils persecutent le pere;
> Il a par trop de sang acheté leur colere.

cet *acheté leur colere par trop de sang* ne me
plaist pas et ne vaut rien du tout; *attiré* seroit ce
qu'il faudroit dire. J'avoüe pourtant qu'*acheté* a
quelque chose de plus nouveau et mesme de plus
brillant qu'*attiré*; mais cela fait voir que tout ce
qui reluit n'est pas or. En effet, si ce *par trop de
sang* est entendu du sang des Grecs, il faut neces-
sairement dire *attiré* et non pas *acheté*, parce que
ce n'est pas la mode de payer celuy dont on achepte
de sa propre monnoye, et s'il est entendu du sang
d'Hector, il n'y a pas d'apparence qu'Hector ait
acheté la colere de ses ennemis par la perte du sang

des siens ou du sien propre, qui devoit plustost servir à les appaiser. Je n'aime gueres davantage les vers où il dit :

Detestant ses rigueurs, rabaissant ses attraits,

parce que l'on dit bien] rabaisser le vol, rabaisser l'orgueil, le prix, etc., mais point du tout *rabaisser des attraits*. Je n'aime pas encore :

...Que feriez-vous d'un cœur infortuné
Qu'à des pleurs éternels vous avez condamné?

car les pleurs sont l'office des yeux, comme les soupirs celuy du cœur, mais le cœur ne pleure pas. Je ne dirois pas non plus :

...Ne pensez pas qu'Hermione dispose
D'un sang sur qui la Grece aujourd'huy se repose.

car il me semble que *se reposer sur un sang* est une étrange figure, et je n'écrirois pas aussi :

...Est-ce ainsi que vous executez
Les vœux de tant d'Estats que vous representez?

parce qu'executer les ordres n'est pas la mesme chose qu'*executer les vœux,* qui ne se dit que quand on a voüé quelque chose; mais ce n'étoit point un pelerinage que les Grecs avaient voüé en Epire. Il y a dans l'*Andromaque* un nombre infiny de ces petits pechez veniels que je ne voudrois pas reprocher à un moins bel esprit que cet autheur illustre; mais il faut qu'il les évite soigneusement aussi bien que

les équivoques continuelles de ses relatifs, s'il veut
estre crû plus habile que les autres : car ce sont des
monstres devant le tribunal de la pureté de nostre
langue, et, tant qu'il écrira :

> Avant que tous les Grecs vous parlent par ma voix,
> Souffrez que je me flatte en secret de leur choix.

on luy demandera à quoy il faudra qu'on rapporte ce *choix des Grecs*, et mesme ce que voudra
dire cet *en secret*, qui est un beau galimathias.
Tant qu'il écrira :

> Et qu'à vos yeux, Seigneur, je montre quelque joye
> De voir le fils d'Achille et le vainqueur de Troye.
> Ouy, comme ses exploits, nous admirons vos cous.

on luy demandera à quoy se rapporte ce *ouy,
comme ses exploits*, puis qu'il n'a parlé que du fils
d'Achille et du vainqueur de Troye, qui ne font
qu'une mesme personne. Tant qu'il écrira :

> Hector tomba sous luy, Troye expira sous vous,
> Et vous avez monstré par une heureuse audace
> Que le fils seul d'Achille a pu remplir sa place.

on luy dira qu'il auroit mieux valu écrire :
Troye tomba sous vous et Hector expira sous luy,
qu'*Hector tomba* et *Troye expira*. On luy demandera encore si c'est *la place* de Troye que le fils
d'Achille a pu remplir, ou bien celle de son pere,
et l'on trouvera dans cette harangue d'Oreste à
Pyrrhus quantité de fautes qui éloignent fort un
autheur de la netteté qu'on attribuë à celuy de
l'*Andromaque*. Tant qu'il écrira mesme :

Tu sçais de quel courroux mon cœur alors épris
Voulut en l'oubliant vanger tous ses mépris.

on dira toûjours qu'il exprime ses pensées à
contre sens, parce qu'on voit bien qu'il a pretendu
dire qu'il voulut *punir ses mépris,* et non pas les
vanger. Tant qu'il écrit encore :

Et croit que trop heureux d'appaiser sa rigueur,

on luy répondra qu'on *n'appaise* point une *rigueur,* mais qu'on *l'adoucit;* et s'il replique que
bien d'autres l'ont écrit avant luy, on luy dira qu'il
doit mieux faire que les autres.

On luy dira encore qu'il se trompe dans les vers
suivans, et mesme qu'il s'y mesprend :

Mes vœux ont par trop loin poussé leur violence
Pour ne plus s'arrester que dans l'indifference.

parce que les vœux, qui sont l'action mesme de
celuy qui les fait, n'ont point d'action et ne peuvent
pousser leur violence, et d'ailleurs, qu'en mettant
pour ne plus s'arrester que dans l'indifference, il
donne à entendre qu'ils s'y arrestoient auparavant, ce qui n'estoit pourtant pas, puis qu'ils étoient
si violens. Mais je ne pretens pas faire voir icy
toutes les fautes que j'ay remarquées dans ce chef-
d'œuvre du theatre. Son auteur, qui a plus d'esprit
que moy, les découvrira bien luy-mesme, s'il les
veut reconnoistre, et il s'en servira en suite comme
il luy plaira. Il suffit que j'en ay compté jusqu'à
prés de trois cens, et que l'on voit bien que je n'ay
pas eu dessein de les exagerer, puisque je n'ay pas

seulement gardé l'ordre des scenes, ny marqué les
endroits où sont celles que je viens de dire. Je me
suis contenté d'en rapporter confusement quelques-
unes, à mesure qu'elles me sont revenuës dans la
memoire, pour prouver un peu ce que j'avois avan-
cé. A cela prés, l'auteur d'*Andromaque* n'en est pas
moins en passe d'aller un jour plus loin que tous
ceux qui l'ont precedé, et, s'il avoit observé dans la
conduite de son sujet de certaines bien-seances qui
n'y sont pas, s'il n'avoit pas fait toutes les fautes
qui y sont contre le bon sens, je l'aurois déja égalé
sans marchander à nostre grand Corneille. Mais il
faut avoüer que si monsieur Corneille avoit eu à
traiter un sujet qui estoit de luy-mesme si heureux, il n'auroit pas fait venir Oreste en Epire
comme un simple ambassadeur, mais comme un
roy qui eust soustenu sa dignité. Il auroit fait traiter Pylade en roy à la cour de Pirrhus, comme
Pollux est traité à la cour de Creon, dans la *Medée*;
ou, s'il eust manqué à le traiter en roy, il n'eust
pas cherché à s'en excuser en disant qu'il ne l'est
que dans un dictionnaire historique, et qu'il ne
l'est pas dans Euripide, car Pylade est roy dans
Euripide mesme. Il auroit introduit Oreste, le trai-
tant d'égal, sans nous vouloir faire accroire qu'autrefois le plus grand prince tutayoit le plus petit;
parce que cela n'a pû estre entre gens qui portoient
la qualité de rois, et que, quand cela auroit esté, ce
n'est pas les ceremonies des anciens rois qu'il faut
retenir dans la tragedie, mais leur genie et leurs
sentimens, dans lesquels monsieur Corneille a si bien
entré qu'il en a merité une loüange immortelle, et

qu'au contraire ce sont ces ceremonies-là qu'il faut accommoder à nostre temps pour ne pas tomber dans le ridicule. Monsieur Corneille, dis-je, auroit rendu Andromaque moins estourdie ; et pour faire un bel endroit de ce qui est une faute de jugement, dans la resolution qu'elle prend de se tuer avant que le mariage soit consommé, il auroit tiré Astianax des mains de Pirrhus, afin qu'elle ne fust pas en danger de perdre le fruit de sa mort, et qu'on ne l'accusast point d'estre trop credule. Il auroit conservé le caractere violent et farouche de Pirrhus, sans qu'il cessât d'être honneste homme, parce qu'on peut estre honneste homme dans toutes sortes de temperamens ; et donnant moins d'horreur qu'il ne donne des foiblesses de ce prince, qui sont de pures laschetez, il auroit empesché le spectateur de desirer qu'Hermione en fust vangée, au lieu de le craindre pour luy. Il auroit menagé autrement la passion d'Hermione, il auroit mêlé un point d'honneur à son amour, afin que ce fust luy qui demandast vengeance plustost qu'une passion brutale ; et pour donner lieu à cette princesse de reprocher à Oreste la mort de Pirrhus avec quelque vray-semblance, aprés l'avoir obligé à le tuer, il auroit fait que Pirrhus luy auroit témoigné du regret d'estre infidelle au lieu de luy insulter ; qu'Oreste l'auroit prise au mot pour se deffaire de son rival, au lieu que c'est elle qui le presse à toute heure de l'assassiner ; et pour pretexter la conspiration d'Oreste, il n'auroit pas manqué à se servir utilement de ce qui fut autrefois la cause de la mort de Pirrhus, en joignant l'interest des dieux à celuy de la jalousie. Enfin il

auroit moderé l'emportement d'Hermione, ou du
moins il l'auroit rendu sensible pour quelque
temps au plaisir d'être vangée : car il n'est pas possible qu'aprés avoir esté outragée jusqu'au bout,
qu'aprés n'avoir pû obtenir seulement que Pirrhus
dissimulast à ses yeux le mépris qu'il faisoit d'elle,
qu'aprés qu'*il l'a congediée sans pitié, sans douleur
du moins estudiée,* et qu'elle a perdu toute esperance de le voir revenir à elle, puisqu'il a épousé
sa rivale ; il n'est, dis-je, pas possible qu'en cet état
elle ne gouste un peu sa vengeance. Pour conclusion,
monsieur Corneille auroit tellement preparé toutes
choses pour l'action où Pirrhus se deffait de sa
garde qu'elle eust esté une marque d'intrepidité,
au lieu qu'il n'y a personne qui ne la prenne pour
une beveuë insuportable. Voila ce que je croy que
monsieur Corneille auroit fait, et peut estre qu'il
auroit encore fait mieux. Le temps ameine toutes
choses, et, comme l'autheur d'*Andromaque* est jeune
aussi bien que moy, j'espere qu'un jour je n'admi-
reray pas moins la conduite de ses ouvrages que
j'admire aujourd'huy la noble impetuosité de son
genie.

EXTRAIT DU PRIVILEGE DU ROY

Par grace et privilege du Roy, donné à Paris le 27 juin 1668, signé Bouchard, il est permis à Thomas Jolly, libraire à Paris, de faire imprimer un livre intitulé : *la Folle Querelle, ou la Critique de l'Andromaque,* et deffences sont faites à tous autres de l'imprimer, vendre et debiter d'autres exemplaires que ceux de l'Exposant, pendant cinq années, à commencer du jour que ledit livre sera achevé d'imprimer pour la premiere fois, sur les peines portées audit Privilege, ainsi qu'il est plus amplement specifié dans l'original.

Achevé d'imprimer le 22 aoust 1668.

Registré sur le livre de la communauté des libraires et imprimeurs de cette ville de Paris, le 10 aoust 1668, suivant l'Arrest du Parlement du 8 avril 1653, et celuy du Conseil privé du Roy du 12 février 1665. Signé Soubron, syndic.

LES ACTEURS.

ERASTE, accordé avec Hortense.

HORTENSE, fille de Sylviane.

ALCIPE, cousin d'Eraste.

LA VICOMTESSE, jeune veufve.

LYSANDRE, amant d'Hortense.

SYLVIANE, veufve, mere d'Hortense.

LISE, femme de chambre d'Hortense.

LANGOUMOIS, valet de chambre d'Eraste.

CESAR, un des laquais de la Vicomtesse.

La scene est à Paris, dans la cour d'une grande maison à trois corps de logis, dont le premier est occupé par la mere d'Hortense, le second par la Vicomtesse, et le troisiesme par Eraste.

LA FOLLE
QUERELLE

ou

LA CRITIQUE

D'*ANDROMAQUE*

ACTE PREMIER.

SCENE PREMIERE.

LANGOUMOIS, LISE.

LISE.

Je te prie de ne me point suivre et de me laisser là. Ma maîtresse m'a deffendu d'avoir jamais aucun commerce avec toy ny avec ton maistre.

LANGOUMOIS.

Eh! parbleu! que ta maîtresse et mon maistre rompent ensemble tant qu'il leur plaira, mais nous, demeurons bons amis, je te prie.

LISE.

Il avoit bien affaire de la fascher comme il fit hier au soir, et il est bien étourdy. Il devoit du moins attendre qu'elle fût mariée avec luy, puis qu'il n'avoit plus qu'un jour à se contraindre.

LANGOUMOIS.

Hé quoy? pour luy avoir soûtenu que l'*Andromaque* est une tres-belle comedie, elle a eu sujet de se piquer contre luy? Je suis fort trompé si ce n'est un pretexte pour ne pas encore épouser mon maistre demain. Elle a déja fait remettre deux fois la chose pour des raisons bien impertinentes; mais qu'elle n'en fasse pas tant : mon maistre, que tout cela rebute, pourroit bien la planter là et épouser la Vicomtesse.

LISE.

La Vicomtesse?

LANGOUMOIS.

Ouy, la Vicomtesse.

LISE.

Il épouseroit la Vicomtesse, qui a presque laissé perdre quarante mille livres de rente depuis son veuvage pour ne vouloir songer qu'à des avantures de roman? qui, quand elle va chez ses avocats ou ses procureurs, souhaite qu'ils ne soyent pas chez eux, de peur de parler d'affaires, et qui croit avoir gagné un empire quand elle

ne les a pas trouvez, sans songer que c'est sa
ruine? O que ton maistre seroit bien lotty!

LANGOUMOIS.

Hé! là, là! tout doucement. Elle a encore
assez de bien pour contenter un honneste
homme.

LISE.

On la vint executer, ces jours passez, pour ses
dettes, et, pendant qu'on détendoit sa tapisserie,
Madame estoit encore dans son lit, qui disoit
aux sergens : *Faites tout doucement et ne m'é-
veillez pas*. La plaisante femme qu'il auroit là!

LANGOUMOIS.

Crois-tu qu'il soit plus heureux avec ta maîtresse, dont il n'a essuyé jusqu'icy que des caprices?

LISE.

Et pourquoy se les attire-t-il?

LANGOUMOIS.

Mon Dieu! si tu voulois, tu dirois bien le
nom de celuy qu'on aime peut-estre en secret, et
qui est cause que mon maistre est maltraité.

LISE.

Oh! point. Ma maîtresse n'aime personne.

LANGOUMOIS.

Si cela estoit, tu aurois interest de nous en
avertir : car, si mon maître n'épouse pas Hortense, tu perdras les cent pistoles qu'il t'a pro-
mises.

LISE.

Je le sçay bien, et je serois fort fâchée de les

perdre; mais asseure-toy que la querelle qu'on luy a faite ne vient pas de ce qu'on aime ailleurs, ou Madame seroit bien fine de me l'avoir caché : c'est que ton maistre, qui est l'homme du monde le plus contredisant, s'avise de faire le bel esprit chez nous, depuis qu'il se mesle d'aller à la Comedie, et que, quand Madame en dit son avis, il prend le party contraire à tort et à travers, quoy qu'on sçache bien que ce soit la chose dont il puisse le moins parler, et qu'il s'y connoisse moins qu'à de l'hebreu. Mais, quand il auroit raison, nostre sexe veut qu'on ait pour luy de la complaisance.

LANGOUMOIS.

Ah! la complaisance n'est pas le vice de mon maistre.

LISE.

Tu vois aussi où il en est; peut-estre que de quinze jours il ne se reverra à la veille de ses nopces.

LANGOUMOIS.

De quinze jours! ah! j'en serois enragé, et j'envoyrois mille fois l'*Andromaque* à tous les diables.

LISE.

Je voudrois que celuy qui l'a faite fût bien à son aise. J'en ay tellement la teste estourdie depuis hier que je croy que je n'entendray parler d'autre chose. Cuisinier, cocher, palfrenier, laquais et jusqu'à la porteuse d'eau, il n'y a personne qui n'en veüille discourir. Je pense mesmes

que le chien et le chat s'en méleront, si cela ne
finit bien-tost; et le tout, à cause de la folie de
ton maistre.

LANGOUMOIS.

La folie! la folie! Ta maistresse dira tout ce
qu'il luy plaira, mais mon maistre a de l'esprit.

LISE.

Il pouvoit dire qu'il trouvoit la piece belle,
sans luy faire ce sot compliment : *Vous ne sçavez
ce que vous dites, Madame, vous ne sçavez ce que
vous dites; l'*Andromaque *est la plus belle chose
du monde.* Et sur tout dans une grande compagnie qui n'estoit pas de cet avis, car tu sçais ce
que tous ces messieurs en dirent, à la reserve de
ton maistre.

LANGOUMOIS.

Il est vray : dés que ta maistresse se fut decla-
rée, tout le monde blasma jusqu'au dernier personnage. Je me souviens mot pour mot de tout
ce qu'on en dit. On demanda quel mestier *Pi-
lade* faisoit à la cour de *Pirrhus.* On dit qu'*Oreste*
estoit un plaisant roy, *Pirrhus* un sot, *Andromaque* une grande beste et *Hermione* une gue-
nippe. Mais je voudrois bien avoir entendu
prouver tout cela, moy, car je croy que mon
maistre s'y connoît mieux que tous ces gens-là.

LISE.

Pour moy, je ne m'y connois point; mais j'ay
entendu parler pour et contre, et j'avoüe que ce
qu'on a dit contre m'a plus touchée que ce qu'on
a dit pour.

LANGOUMOIS.

J'y remarquay bien aussi quelque chose qui ne me plut pas, quand je la vis joüer, ces jours passez; mais ce n'estoit rien moins que ce qu'on dit hier.

LISE.

Adieu, je pense que voicy ma maîtresse, et je croy entendre le carrosse qui entre dans l'autre cour.

LANGOUMOIS.

Eh! ma pauvre fille, encore un moment.

LISE.

Non, je serois grondée si elle sçavoit que je t'eusse parlé; rentre chez toy, et moy chez moy.

LANGOUMOIS.

Attens, je m'en vais voir plûtost si c'est elle. Ouy, c'est ta maistresse, et je pense mesmes que mon maître est dans le carrosse, car j'ay veu de nos laquais. Peut-estre, Lise, que leur paix est déja faite. Pleust à Dieu!

LISE.

Bien, va-t'en.

LANGOUMOIS.

Souviens-toy en tous cas de conserver les cent pistoles.

LISE.

Je feray tout ce qu'il faudra faire. Adieu.

SCENE II.

HORTENSE, ERASTE, LISE.

HORTENSE.

Lise!

LISE.

Plaist-il, Madame?

HORTENSE.

Que fait ma mere?

LISE.

Elle est dans sa chambre avec Mme la Vicomtesse.

HORTENSE, *à part.*

O Ciel! quelle compagnie! et lequel éviteray-je
de ce fascheux ou d'elle? (*Haut.*) Portez-luy ces
emplettes, et dites-luy que je vais pour un moment dans ma chambre. (*Lise sort.*)

ERASTE.

Quoy! Madame, vous ne voulez pas que nous
entrions chez madame vostre mere?

HORTENSE.

Nous nous remettrions peut-estre à disputer
si *Pirrhus* est honneste homme ou non, et nous
nous querellerions encore; si bien qu'au lieu de
trois jours de delay que je vous demande pour
me resoudre à épouser un obstiné comme vous,

3

je vous demanderois peut-estre le temps d'y
songer toute ma vie.

ERASTE.

Ah! Madame, vous estes trop bonne pour me
punir avec tant de rigueur d'un crime si leger.

HORTENSE.

Vous appellez un crime leger de m'avoir
forcée jusqu'à cette heure à avoir de la complaisance pour tous vos sentimens, au lieu que
j'en devois attendre de vous; ah! j'en suis lasse, et
c'est bien la raison que j'éprouve si une fois en
vostre vie vous serez capable de me ceder quelque chose.

ERASTE.

Eprouvez-le, Madame, mais en toute autre
rencontre que celle-cy. Ces trois jours seroient
trois siecles pour mon amour, et je ne croy pas
qu'estant belle, raisonnable et spirituelle comme
vous estes, vous voulussiez me faire mourir avec
tant d'inhumanité trois jours durant.

HORTENSE.

Il fait bon vous quereller, Eraste; vous ne
m'aviez pas encore cajollée sur mon esprit avec
tant de galanterie, et je suis faschée de n'avoir
pas pris un plus long terme que trois jours, afin
de joüir plus longtemps de ces douceurs. Je
vous cautionne, cependant, que vous ne mour-
rez pas de ce retardement.

ERASTE.

Ah! Madame, vous ne m'aymez pas : car, si

vous m'aymiez... Ah! voila vostre brasselet qui
vient de tomber; qu'il est jolly!

HORTENSE.

Rendez-le moy, je vous prie.

ERASTE.

Oh! je le veux garder comme un gage de
vostre amitié.

HORTENSE.

Et moy, je veux que vous me le rendiez.

ERASTE.

Moy, Madame, je n'ay point encore eu de vos
faveurs, je le garderay cherement.

HORTENSE.

Eraste, vous voulez que nous rompions ensemble pour jamais?

ERASTE.

Mais...

HORTENSE.

Je ne me soucie pas du brasselet; mais voyons
si vous aurez de la complaisance.

ERASTE.

Il faut donc, Madame, que cette obeïssance
me vaille quelque chose : jurez-moy...

HORTENSE.

Quoy?

ERASTE.

Que nostre mariage sera pour la nuit prochaine, comme il a esté resolu.

HORTENSE.

Oh!

ERASTE.

Point de brasselet à moins que de me promettre cela.

HORTENSE.

Hé bien, nous verrons, donnez.

ERASTE.

Jurez-le moy devant.

HORTENSE.

Ah! je serois aussi beste qu'*Andromaque*, qui
épouse *Pirrhus* sur sa parole avant que d'avoir
veu son fils en seureté.

ERASTE.

Eh! juste ciel! Madame, cette piece vous ser-
vira-t-elle toûjours de regle et de matiere à me
persecuter?

HORTENSE.

Je ne puis me regler sur aucune chose que
vous estimiez davantage. Mais, sans tant d'amu-
semens, rendez-moy mon brasselet.

ERASTE.

Vous me promettez donc...

HORTENSE.

Hé! vistement.

ERASTE.

Nous épouserons cette nuit?

HORTENSE.

Donnez.

ERASTE *luy baise la main dont elle luy arrache
le brasselet.*

J'auray toûjours ce baiser.

HORTENSE.

Vous estes bien extravagant, Eraste, et bien hardy.

ERASTE.

Il est vray, Madame, que, puis que vous m'avez promis de ne point differer nostre mariage, je devois attendre ces heureux momens; mais je vous tiendray bon compte de ce baiser-là.

HORTENSE.

Je ne vous ay rien promis.

ERASTE.

Quoy, Madame?

HORTENSE.

J'ay dit que vous me rendissiez mon brasselet et que je verrois ce que j'aurois à faire, mais je ne trouve point à propos de vous rien promettre.

ERASTE.

Ah! parbleu! Madame, cela seroit fort vilain. Je trouverois à mon tour de quoy vous condamner par vos propres sentimens, si, aprés avoir tenu *Pirrhus* pour un si mal honneste homme à cause qu'il manquoit de parole, vous veniez à en manquer vous-mesme.

HORTENSE.

Qui n'a rien promis ne sçauroit manquer de parole. Mais, quand j'en manquerois, il ne s'agit point icy d'affaires d'Etat, comme dans l'*Andromaque*, et d'ailleurs vous me trouveriez bien une excuse, puis que vous en avez trouvé pour *Pirrhus*.

3.

ERASTE.

Serieusement, Madame, tout le monde espere
que ce sera pour la nuit prochaine, et madame
vôtre mere ne sera pas contente, si vous diffe-
rez encore une chose qui devroit estre faite il
y a quinze jours.

HORTENSE.

Serieusement, Eraste, et tout resolûment, il
n'en sera rien. Ma mere est bonne et voudra ce
que je voudray, pourveu que vous ne vous y
opposiez pas, et, soit caprice ou raison qui me
fasse vous demander un delay de trois jours, je
veux voir par là si vous m'aimez.

ERASTE.

Ah! Madame, cela est insupportable. Doutez-
vous que je ne vous ayme infiniment? Mais je
voy bien que c'est pour vous vanger du peu de
complaisance dont vous m'accusez que vous
feignez de vouloir ce retardement.

HORTENSE.

Je ne feins point de le vouloir, je le veux en
effet.

ERASTE.

Hé, comment? Madame...

HORTENSE.

Ouy.

ERASTE.

Eh! je vous conjure...

HORTENSE.

Point de nouvelles.

ERASTE.

Ho! vous m'épouserez pourtant ; c'est trop
vous mocquer de moy. J'ay madame vostre mere
et la raison de mon costé. L'heure de nostre
mariage a esté resoluë, et, puis que vous ne le
voulez point d'amitié, vous le voudrez de force,
songez-y bien.

HORTENSE.

Ha! ha! voila le songez-y bien de *Pirrhus.*
Aprés qu'il a bien fait le doucereux auprés
d'*Andromaque,* il la traitte de la mesme façon.
Je ne m'étonne plus, Monsieur, que vous deffen-
diez si fort son caractere. C'est une politique
d'excuser les deffauts de nos semblables, et nous
faisons pour nous-mesmes en agissant de la
sorte.

ERASTE.

Eh! Madame, quand on est au desespoir,
quand on a de l'amour...

HORTENSE.

Quand on a de l'amour et qu'on est accoûtu-
mé à vivre parmy les honnestes gens, on est
respectueux. Je suis ravie vrayement de vous
avoir si bien connu. Hé bien, bien, j'en profi-
teray. Vous vous servirez de tout vostre pouvoir, et moy du mien. Adieu, vous pouvez vous
aller plaindre à ma mere, mais souvenez-vous
que j'épouseray plûtost le dernier de tous les
hommes que vous, et que je vous tiens pour
un aussi mal honneste homme que le heros que
vous estimez tant.

ERASTE.

Ah! cruelle! fay, fay-moy mourir, acheve...

HORTENSE.

Acheve? D'où vient encore ce tutayement?
Est-ce que le titre d'amant disgracié vous a mis
fort au dessus de moy, comme celuy d'ambassadeur met *Oreste* au dessus de *Pylade?*

ERASTE.

Tigresse!

HORTENSE.

Adieu, Pirrhus, adieu.

SCENE III.

ALCIPE, ERASTE.

ALCIPE.

On te maltraitte fort, cher cousin. Quoy, la
querelle d'hier au soir dure toûjours et on en
est encore sur le chapitre d'*Andromaque?*

ERASTE.

Tu vois.

ALCIPE.

De quoy est-ce aussi que tu t'es allé aviser de
rompre en visiere à ta maistresse pour cela?
Quel diable d'interest prens-tu tant à l'*Andromaque?* Quand tu n'aurois point de fortune à

esperer par ton mariage avec Hortense, ne sçais-tu pas qu'il faut avoir de la complaisance parmy les femmes, et que le vray moyen de se ruiner dans leur esprit, c'est de les contredire? Quand tu aurois dit que l'*Andromaque* n'est pas une des meilleures pieces du monde, il y en a bien d'autres que toy qui le disent, qui n'ont pas de maistresse à menager.

ERASTE.

Pourquoy veux-tu que je parle contre ma pensée? Tous ceux avec qui j'estois sur le theatre ont dit qu'elle estoit belle. Je n'examine rien davantage; elle est belle, et le sera malgré tout le monde et malgré toy-mesme.

ALCIPE.

Tu vois comme cela a accommodé tes affaires. Voila ton mariage differé, et peut-estre rompû.

ERASTE.

Rompû? Tu te mocques, j'ay parole de la mere qu'on n'en signera pas moins ce soir nostre contract pour estre mariés la même nuit; et, pour preuve de cela, je vay envoyer tout presentement mon valet faire preparer un petit regale pour le bal que je veux donner.

SCENE IV.

ERASTE, ALCIPE, LANGOUMOIS.

ERASTE.

Langoumois!

LANGOUMOIS.

Plaist-il, Monsieur?

ERASTE.

Ecoutez : allez-vous-en au Petit Paris dire qu'on me tienne prest pour ce soir ce qu'ils sçavent bien, et de la maniere que je le dis hier au maistre.

LANGOUMOIS.

Tout est donc raccommodé, Monsieur, et vostre paix est donc faite?

ERASTE.

Faites ce que je vous dis, sans vous informer d'autre chose.

LANGOUMOIS.

Bon, bon, bon! Monsieur, j'y vais tout à l'heure.

SCENE V.

ALCIPE, ERASTE.

ALCIPE.

Je doute fort qu'Hortense soit de l'avis de sa
mere.

ERASTE.

Oh! tu peux t'en assurer, la petite friponne
qu'elle est en a autant d'envie que moy, et ce
n'est que pour me faire impatienter qu'elle fait
tout ce qu'elle fait. Elle a mesme du plaisir à
éprouver ainsi la violence de mon amour.

ALCIPE.

Tu te flates. Elle t'a fait un compliment en te
quittant, qui passoit la raillerie, et la belle pro-
nonçoit cela avec vigueur.

ERASTE.

C'est qu'elle est un peu piquée de ce que j'ay
dit qu'elle m'épousera malgré elle et que je
feray agir sa mere; mais un moment effacera
tout cela.

ALCIPE.

Tu luy as donc fait le compliment que *Pirrhus*
fait à *Andromaque?*

ERASTE.

Par ma foy! mon cher, je ne luy ay point

parlé tout à fait comme *Pirrhus*; mais, quand je l'aurois fait, je juge par moy-mesme que Pirrhus a raison.

ALCIPE.

Il a si fort raison que ceux qui loüent le reste de la piece ont tous condamné sa brutalité, et je m'imagine voir un de nos braves du Marais dans une maison d'honneur, où il menace de jetter les meubles par les fenestres si on ne le satisfait promptement. Mais elle t'a encore donné une attaque touchant *Oreste* qui tutaye *Pylade?*

ERASTE.

Ouy, je suis bien aise que tu l'ayes entendu : dit-on jamais rien de plus ridicule?

ALCIPE.

C'est avec justice qu'elle condamne encore cet endroit; le voudrois-tu soûtenir, toy?

ERASTE.

Si je le voudrois soûtenir? Quoy! tu trouves mauvais que deux amis se tutayent? Ah! je te trouve plaisant aussi bien qu'elle, et cela vaut de l'argent.

ALCIPE.

Je te dis...

ERASTE.

Tu me dis la plus haute impertinence du monde, cher cousin; tay-toy, tu feras mieux de ne dire mot.

ALCIPE.

Tu parles...

ERASTE.

Pauvre autheur d'*Andromaque,* tu as fait une lourde faute de faire tutayer deux amis!

ALCIPE.

Mais...

ERASTE.

Ah! puis que tu condamnes cette façon d'agir, je t'appelleray desormais Monsieur.

ALCIPE.

Tu es un étourdy. Je n'aurois rien à dire si *Oreste* et *Pylade* se tutayoient tous deux; mais de voir seulement *Oreste* tutayer *Pylade*...

ERASTE.

Et à qui tient-il que *Pylade* ne le tutaye aussi? S'il veut l'appeller seigneur, *Oreste* n'en peut mais.

ALCIPE.

Le fou! A qui tient-il? Il tient à l'autheur, qui a dû sçavoir que *Pylade* estoit roy aussi bien qu'*Oreste.*

ERASTE.

Pylade roy? Ah! je te le nie.

ALCIPE.

Vrayment! Il estoit roy de la *Phocide,* je te marque son royaume, et son pere, à qui il avoit succedé, s'appelloit *Strophius;* si tu ne le sçay pas, c'est que tu n'as pas leu l'Histoire.

ERASTE.

L'Histoire? Ah! il est bon là, l'Histoire! C'est bien des gens comme moy, va, qui se soucient de l'Histoire; c'est assez que j'ay leu *Clelie* avec

4

la Vicomtesse et que je sçay l'*Andromaque* sur
le bout du doigt.

ALCIPE.

Voila de nos messieurs qui veulent qu'une
chose ne soit pas parce qu'ils n'en ont pas la
connoissance. Ouy, *Pylade* estoit fils du roy de
la *Phocide,* qui estoit beaufrere d'*Agamemnon,*
pere d'*Oreste;* de sorte qu'*Oreste* et *Pylade*
estoient même cousins germains.

ERASTE.

Et que m'importe?

ALCIPE.

Que t'importe! C'est une impertinence extreme
d'introduire deux personnes tellement égales, et
de faire que l'un parle à l'autre comme s'il estoit
son escuyer ou son valet de chambre, et que cet
autre le souffre.

ERASTE.

Bon, bon, bon! voila une belle critique!

ALCIPE.

Je trouve la chose encore plus ridicule en ce
qu'on fait faire cela à *Oreste,* lors qu'il est devenu ce que nous appellons d'evesque musnier.
Est-ce à cause que, du plus grand roy de *Grece*
qu'il estoit, il n'est plus qu'un simple *ambassadeur* de petits *principiums,* qu'on veut qu'il
tranche tant du grand avec *Pylade?*

ERASTE.

Il est bien ambassadeur extraordinaire pour
toy.

ALCIPE.

Ah ! je te l'avouë, il n'est rien de plus extraordinaire qu'un roy ambassadeur.

ERASTE.

Tu es fou, mon cher, tu es fou.

ALCIPE.

Je suis fou, parce que tu ne sçais que respondre. Mais je voy, ce me semble, la Vicomtesse qui fait son compliment de sortie à la mere d'Hortense pour repasser chez elle. Je gage, quelque entestement qu'elle ait pour l'*Andromaque,* qu'elle dira que j'ay raison.

ERASTE.

C'est justement le secret de bien faire ta cour auprés d'elle, que de condamner l'*Andromaque.* Ouy, ouy, va, tu y seras bien receu.

ALCIPE.

Peut-estre. Mais la voicy. La bonne figure, avec sa langueur affectée !

ERASTE.

Cette langueur n'est pas déplaisante ; et, si je n'avois mes raisons pour épouser Hortense, je m'accommoderois mieux de son esprit que de celuy de mon écervellée.

ALCIPE.

Oh ! toy, tu n'as garde de dire autrement.

SCENE VI.

ALCIPE, ERASTE, LA VICOMTESSE.

La Vicomtesse, *faisant des reverences à la porte*
de Sylviane.

Hé! Madame, vous faites des ceremonies
comme si nous ne logions pas tous dans une
mesme maison.

Eraste, *tandis que la Vicomtesse fait*
ses reverences.

Tu la conduiras chez elle : car, tandis que la
mere d'Hortense est seule, je la vay presser...

(*Il parle bas à Alcipe.*)

La Vicomtesse, *se retournant encore vers*
la porte.

Hé! Madame, je suis vostre tres-humble ser-
vante.

Alcipe.

Tu as raison, ne souffre pas qu'on differe ; ce
qui s'est caché un mois pourroit estre découvert
en trois jours.

La Vicomtesse.

De quoy s'entretiennent les deux cousins?

Alcipe.

Nous en sommes sur la tragedie d'*Andro-*
maque, Madame, et je luy reproche...

LA VICOMTESSE.

Ha! vrayment, je ne suis point pour Hortense. Elle eut hier le plus grand tort du monde. (*A Eraste.*) Sylviane m'a pourtant dit que cela ne reculeroit pas long-temps vôtre bonheur.

ALCIPE, *à Eraste.*

Tu t'es un peu pressé d'envoyer au Petit Paris.

ERASTE.

Quoy! je suis remis encore?

LA VICOMTESSE.

Je sçay bien, au moins, que ce ne sera pas pour la nuit prochaine.

ERASTE.

Ah! je vay faire souvenir Sylviane de me tenir la parole qu'elle m'en a donnée. Cependant, Madame, je vous laisse entre les mains un ennemy juré d'*Andromaque,* qui veut que ce soit une piece où il n'y ait pas de sens commun. Je vous prie de le mettre à la raison, Madame.

SCENE VII.

ALCIPE, LA VICOMTESSE.

LA VICOMTESSE.

Est-il possible, Alcipe, que vous puissiez dire cela?

4.

ALCIPE.

Ah! Madame...

LA VICOMTESSE.

Je ne vous croy pas si peu raisonnable. Vous voulez bien que je sçache s'il y a chez moy quelqu'un de mes gens?

ALCIPE.

Hé! Madame, je le vay sçavoir.

LA VICOMTESSE, *le retenant.*

O Dieu! Monsieur, n'en prenez pas la peine. Virginie! Plotine!

ALCIPE.

Mon Dieu! Madame, que ces noms-là sont beaux!

LA VICOMTESSE.

Ah! je suis fort pour ces sortes de noms-là. Tous mes laquais s'appellent Cesar et Alexandre, et il n'y a pas jusqu'à mon cocher que j'appelle Phaéton.

ALCIPE.

C'est avec raison, Madame: il conduit aussi le char d'un Soleil, quand il mêne vostre carrosse.

LA VICOMTESSE.

Ah! cette comparaison est un peu forte pour moy. Laquais! hola! quelqu'un.

ALCIPE, *allant et revenant.*

Hola! laquais de madame la Vicomtesse! Il n'y a personne sans doute?

LA VICOMTESSE.

Je suis malheureuse, je ne puis faire un pas

hors de chez moy que tout mon monde ne se
disperse aussi-tost de costé et d'autre.

ALCIPE.

Puis qu'ils vous ont veu entrer chez la mere
d'Hortense, ils ne doivent pas estre loin.

LA VICOMTESSE.

C'est que le bon destin d'*Andromaque* veut
que je demeure un moment avec vous pour la
deffendre de vos sentimens.

ALCIPE.

Ha! Madame, j'aurois bien pris la liberté
d'aller m'en justifier jusques chez vous.

LA VICOMTESSE.

Qu'y a-il donc dans cette pauvre *Andromaque*
qui la rende une si mechante piece?

ALCIPE.

Je ne dis pas, Madame, que ce soit une tres-
mechante piece. Non, au contraire, cela ne va
pas tant mal pour un commencement, et l'autheur a assez bien imité les sçavans en quelques
endroits. Mais de vouloir qu'il soit vray qu'il
ait surpassé tous ceux qui ont jamais écrit, hé!
Madame, le bon sens peut-il souffrir qu'on se
trompe de la sorte? C'est gaster un homme à
force d'encens, et sans cela peut-estre que nous
aurions veu quelque jour une bonne piece de
luy.

LA VICOMTESSE.

Ostez ce *nous aurions veu*, Alcipe, car on l'a
veuë ou l'on ne la verra jamais, et tout est admirable dans l'*Andromaque*.

ALCIPE, *souriant.*

Il y a je ne sçay quoy, Madame, qui à mon
gré ne seroit guere un exemple à suivre.

LA VICOMTESSE.

Ah! juste Dieu! que dites-vous là? C'est peut-
estre la tragedie où toutes choses sont de meilleur exemple, et j'y songeois encore hier en
rendant visite à une petite provinciale fort au
dessous de ma qualité, qui eut l'insolence de
m'attendre dans sa chambre et sur son siege, au
lieu de venir au devant de moy. « Helas! dis-je,
cela est bien éloigné de l'honnesteté de *Pirrhus*,
qui, loin de souffrir qu'on ameine *Oreste* à son
audience, le va chercher où il est, pour sçavoir
le sujet de son ambassade. »

ALCIPE, *riant.*

Avec tout le respect que je vous dois, Madame, je croyois que les rois deussent estre un
peu plus jaloux de leur rang. Cette grandeur
qui est attachée à leurs personnes fait que ce
qui s'appelleroit honnêteté en d'autres est une
grande faute en leur conduite, et je n'ay point
encore veu de gens qui n'aient ry à cette piece
lorsque *Pirrhus* y vient dire à *Oreste* : *Je vous
cherchois par tout, Seigneur,* au lieu de le mander dans son cabinet.

LA VICOMTESSE.

Hé! mon Dieu, tous les rois ne sont pas si
façonniers qu'on diroit bien.

ALCIPE.

Ah! Madame, la Majesté ne doit pas courir

ainsi de chambre en chambre dans les occasions de ceremonies.

LA VICOMTESSE.

Voulez-vous encore rien de meilleur exemple que cette *Andromaque* qui pleure son époux aprés plus d'un an comme le premier jour?

ALCIPE, *riant.*

D'accord, Madame, cela est tout à fait rare. Mais on l'accuse de peu de jugement, cette *Andromaque*, d'avoir découvert à son cruel ennemy qu'elle avoit sauvé son fils. Elle devoit bien le faire élever dans un lieu qui ne fust pas venu à la connoissance de *Pirrhus :* car qui avoit eu le temps et l'adresse de supposer un autre enfant à *Ulysse,* le plus fin de tous les hommes, en pouvoit avoir eu aussi pour faire ce que je dis.

LA VICOMTESSE.

Oh! c'est ce que j'y trouve de plus beau, que cette confiance. C'est une marque qu'elle estoit tres-bonne.

SCENE VIII.

ALCIPE, LA VICOMTESSE, CESAR.

LA VICOMTESSE, *à Cesar.*

Cesar! Hé bien! Monsieur le coquin, où estoient donc tous mes gens quand j'ay voulu rentrer chez moy?

CESAR.

Peut-estre que je dormois, Madame.

LA VICOMTESSE.

Je vous apprendray, petit sot...

CESAR.

Hé! Madame, vous avez une femme de chambre qui s'amuse, il y a une heure, à faire l'*Harmione* contre vostre cocher dont elle est coëffée; au lieu de cela, que n'écoutoit-elle à la porte?

ALCIPE, *riant*.

Ce Cesar a la mine d'estre un bon petit fripon.

LA VICOMTESSE.

Tout parle d'*Andromaque*. Mais vous plaist-il d'entrer, Alcipe? Venez, venez, nous continuerons nôtre conversation au logis.

ALCIPE.

C'est trop d'honneur, Madame, que vous me faites.

Fin du Premier Acte.

ACTE II.

—

SCENE PREMIERE.

LYSANDRE, SEUL.

Je ne voy personne. Favorise, ô Ciel! le dessein que j'ay de voir ma chere Hortense. Mais
quelqu'un descend. N'importe, servons-nous du
pretexte que nous avons resolu de prendre en
cas que nous soyons découverts.

SCENE II.

LYSANDRE, LISE.

LISE.

Que demandez-vous, Monsieur? que cherchez-
vous?

LYSANDRE.

Je voudrois dire un mot à Sylviane, ma chere fille. Fay que je luy parle. A-t'on disné ?

LISE.

Ouy ; mais que luy voulez-vous dire ? Elle est empeschée.

LYSANDRE.

Je venois pour affaire. Hortense y est-elle ? et ne pourrois-je luy confier ce que c'est, au deffaut de madame sa mere ?

LISE.

Vrayment, Monsieur, ma maîtresse a bien aujourd'huy à songer à autre chose : elle est à la veille de ses nopces.

LYSANDRE, *à part*.

O Dieu ! l'avis n'est point faux. (*A Lise.*) Je ne luy dirois qu'un mot.

LISE.

Je m'en vay plustost avertir madame sa mere; prenez la peine d'entrer dans la salle.

SCENE III.

LYSANDRE, HORTENSE, LISE.

HORTENSE, *sortant brusquement*.

Non, non, Lise, ne va point avertir ma mere, et tiens-toy plûtost icy pour me rendre un service pendant que je diray un mot à Monsieur.

LISE, *à part.*

Hon! hon! nous y voicy.

HORTENSE, *à Lise.*

Eraste est dans le jardin qui se promene avec
elle; fais le guet, et avertis-nous quand ils seront
prests d'en sortir. (*A Lysandre.*) Vous voyez la
fille la plus fidelle qui soit en France, Monsieur.
(*A Lise.*) Il faut que tu nous aides, Lise. (*Icy
Hortense parle en l'oreille à Lysandre.*)

LISE, *à part.*

Justement, parce qu'on ne peut plus se cacher
de moy.

HORTENSE, *à Lysandre, à part.*

C'est une necessité de nous en servir, mais
elle est bonne, j'en feray ce que je voudray.

LYSANDRE, *à Lise.*

Il y a cinquante pistoles pour toy si nous ve-
nons à bout de nostre dessein, et que tu ne
parles pas. (*Ils se parlent bas encore.*)

LISE.

Helas! Monsieur, je suis toute au service de
Madame. (*A part.*) Voyez-vous pourtant la rusée!

LYSANDRE, *aprés qu'Hortense luy a parlé bas.*

Ah! vous avez de l'esprit, et je croy que cela
fait desesperer mon rival.

HORTENSE.

Je le fais enrager. (*A Lise.*) Ma pauvre Lise,
fais bien le guet.

LISE.

Eh! ne craignez rien, ils sont en profonde

5

conference et ne songent guere à ce que vous
faites. (*Elle s'écarte un peu.*)

LYSANDRE.

Cependant, Madame, la presence de ce rival
m'a empesché ce matin, au Palais, de vous entretenir plus à loisir.

HORTENSE.

Ce n'est pas ma faute. J'avois pris des me-
sures pour y pouvoir aller seule, mais j'ay esté
toute étonnée que je l'ay veu à la mesme bou-
tique où j'étois.

LYSANDRE.

Ah! Dieu! j'avois receu, hier au soir, une
sensible joye en apprenant par vostre cocher
que vous aviez encore rompu le coup de mon
malheur, et j'avois mis l'*Andromaque* au dessus
de toutes les pieces de theatre, à cause qu'elle
avoit produit ce bon effet.

LISE, *à part.*

C'est donc le cocher.

LYSANDRE.

Mais vostre cruelle mere veut que la nuit qui
vient vous n'en épousiez pas moins mon rival.

HORTENSE.

J'ay gagné temps jusqu'à demain, mais...

LYSANDRE.

Demain ou cette nuit, Madame, c'est tout un
pour moy, et, s'il n'y a point d'autre remede, il
faut que vous consentiez que je vous enleve
cette mesme nuit.

HORTENSE.

Mais vous disiez que, quand vôtre pere auroit
vuidé l'affaire qu'il a contre nous, qui est preste
à s'accommoder, vous le feriez resoudre à me demander, pour vous, à ma mere; vous ne vouliez
que deux jours pour cela et pour rompre mon
mariage avec Eraste.

LYSANDRE.

Ouy, Madame; mais mon pere est tellement
obstiné à ne rien relâcher de ses demandes que
l'affaire n'a pû estre terminée, et, comme je le
connois, je n'ose luy parler de vous auparavant,
de peur de tout gaster. J'avois mesme prié un
de mes amis, qui m'avoit promis de me servir
utilement, de pressentir vôtre mere sur ce dessein; mais je n'en ay point eu de nouvelles, et
cependant je vous pers.

HORTENSE.

J'auray bien peu d'adresse si je ne differe encore quelques jours.

LYSANDRE.

Non, non, Madame, on pourroit vous contraindre à plus que vous ne voudriez. Choisis-
sons le plus court, prestez la main à vostre enlevement. Vous me l'avez promis à l'extremité,
et nous y sommes. Ce coup rompra celuy que
j'apprehende; il fera que mon pere accordera
tout ce qu'on voudra pour étouffer l'affaire, et
pressera luy-mesme nostre mariage. Nous sommes
deux partis égaux. Eraste n'est qu'un inconnu
qui trompe vostre mere et qui n'a peut-estre pas

tout le bien qu'il dit, et je suis seur qu'avec le temps elle m'aimeroit mieux que luy pour son gendre. Enfin, Madame, je ne vous demande rien que vous ne m'ayez promis.

HORTENSE.

Il est vray; mais n'y a-t'il pas d'autres moyens?

LYSANDRE.

Non, Madame; mais, de grace, resolvez promptement; ce lieu est mal propre à contester.

HORTENSE.

Je suis bien embarrassée!

LYSANDRE, *montrant Lise.*

Il faut que cette fille nous facilite cette entreprise.

HORTENSE.

Lise...

LISE.

Eh! depeschez sans barguigner.

HORTENSE.

Hé bien! elle vous tiendra la petite porte du jardin ouverte, et je m'y rendray à minuit; mais aussi promettez-moy...

LYSANDRE.

Je vous enleveray sans vous enlever: ce ne sera que pour vous conduire chez vostre parente, où nous nous sommes déja veus.

HORTENSE.

Lise, garde-toy bien de nous trahir; tu vois quelle confiance j'ay en toy, et où j'en serois si Eraste sçavoit nostre dessein. (*En l'embrassant.*)

Je te feray tant de bien, tant de bien, aprés ce
temps-cy, que... tu verras. Mais je croy qu'Eraste
et ma mere sont rentrez dans la salle. Va voir,
Lise, je t'en prie.

LISE, *y allant.*

Hé! allez, ne vous mettez pas en peine, je
vous avertiray.

HORTENSE, *à Lysandre.*

Adieu, retirez-vous. Comme nôtre Vicomtesse
ne manque pas, depuis peu, à s'aller promener
toutes les nuits dans le jardin pour y entretenir
ses visions romanesques, et pour voir si quelque
adorateur ne sortira point de derriere une pa-
lissade pour mourir à ses pieds, il me sera bien
aysé de m'y rendre sans qu'on soupçonne que
ce soit moy.

LISE.

Ah! Madame, Eraste vous a veus à travers des
vitres de la salle, et je me trompe fort s'il n'ac-
court icy.

HORTENSE, *à Lysandre.*

Sortez viste. (*Il sort.*)

SCENE IV.

ERASTE, SYLVIANE, HORTENSE.

ERASTE.

Vous rougissez en me voyant, Madame; je

5.

suis fâché d'avoir interrompu vostre entretien avec ce galant homme. (*A Sylviane.*) Madame, il ne faut plus demander pourquoy vostre fille cherche tous les jours des remises. Sans doute qu'elle a des inclinations secrettes, et qu'elle espere que vous choisirez à la fin un autre gendre que moy.

SYLVIANE.

Est-il vray, ma fille? parliez-vous à quelqu'un?

HORTENSE.

Ouy, Madame.

ERASTE.

Ouy!... Ah! juste Ciel! quelle effronterie!

HORTENSE.

L'extravagant!

SYLVIANE.

Et qui est celuy, ma fille, à qui vous parliez?

HORTENSE.

C'est Lysandre, ma mere, qui est venu sçavoir si vous estiez au logis, parce qu'un homme doit venir vous parler des affaires de son pere, et, comme je l'ay apperceu de la salle, je suis descenduë dans la cour pour luy dire que vous estiez à la maison, et que cet homme pouvoit venir quand il luy plairoit.

ERASTE.

Bonne excuse, ma foy! bonne excuse! La menterie est bien trouvée.

SYLVIANE.

Ecoutez, Eraste...

ERASTE.

Eh! Madame, il faudroit que Lysandre fût
bien plein de loisir pour venir luy-mesme faire
un semblable message. Un laquais suffisoit pour
cela, aussi bien que pour en faire la response.

HORTENSE.

Vous vous moquez, Monsieur; un simple re-
sident suffisoit bien pour faire l'ambassade
d'*Oreste,* et cependant il n'a pas laissé de venir
luy-mesme demander un chetif petit enfant à
Pirrhus. Pourquoy condamnez-vous en Lysandre ce que vous approuvez en luy?

ERASTE, *à Sylviane.*

Vous voyez, morbleu! comme on me traitte?

SYLVIANE.

Rentrez, petite sotte, et ne parlez point davantage. (*Hortense rentre et le menace du doigt
en passant devant luy.*)

SCENE V.

ERASTE, SYLVIANE.

ERASTE.

Enfin, Madame, la source de mon malheur
m'est connuë. Je condamnois tous les jours les
soupçons que j'avois qu'elle n'en aymât un
autre, mais la presence de Lysandre m'a éclaircy
de toutes choses.

SYLVIANE.

Il ne faut pas que Lysandre vous donne de
l'ombrage. J'ay, en effet, des affaires d'importance avec son pere, qui sont en termes d'ac-
commodement, et il se peut qu'il soit venu icy
pour ce que ma fille vous a dit.

ERASTE.

Ah! Madame, mon malheur est certain. Je
me suis flaté jusqu'icy de l'esperance qu'elle
pouvoit changer, et je prenois pour des effets de
jeunesse l'affectation qu'elle a à me maltraitter.
Mais, depuis qu'à travers de ces vitres je les ay
veus se parler avec toute l'action des amans, je
ne doute plus que ce Lysandre n'ait son cœur,
Madame; non, je n'en doute plus.

SYLVIANE.

Point du tout, vous dis-je.

ERASTE.

Madame, j'ay de bons yeux, j'ay de la raison,
et vous ne m'osterez point cela de la teste.

SYLVIANE.

Comment ne fascheriez-vous point une jeune
fille avec vos obstinations, puis que je m'en fâ-
cherois moy-mesme si je n'estois plus raisonnable que vous? Si je vous fais épouser ma fille
demain sans remise, comme je vous l'ay promis,
qu'aurez-vous à dire?

ERASTE.

Il faudroit, Madame, que ce fût dés cette nuit,
comme il avoit esté resolu.

SYLVIANE.

Il n'y a pas tant de temps jusqu'à demain, et cela ne doit point vous chagriner.

SCENE VI.

SYLVIANE, ERASTE, LISE.

LISE.

Madame !

SYLVIANE.

Qu'y a-t'il?

LISE.

Un honneste homme est dans la salle qui demande à vous parler.

SYLVIANE, *à Lise*.

Je vay tout à l'heure à luy. (*A Eraste*.) Je vous quitte un moment. C'est sans doute l'homme du pere de Lysandre dont ma fille nous vient de parler, et cela vous doit mettre hors de jalousie. Adieu, soyez en repos; je luy feray bien perdre tous ses petits caprices, et je vous la promets demain fort complaisante, pourveu qu'il ne se parle plus d'*Andromaque*.

SCENE VII.

ERASTE, SEUL.

Eh! demain, demain, c'est encore bien du temps pour un homme qui a sujet de craindre à toute heure un revers de fortune. Mais il faut que je renvoye au Petit Paris, car j'ay envoyé dire à mon valet de ne rien faire sans revenir prendre mon ordre. Eh! *Andromaque!* maudite *Andromaque!* Mais j'admire ma jeune étourdie, d'y trouver à tous momens de quoy me railler. Si une autre qu'elle se mesloit de me faire de ces applications... Mais voicy mon valet.

SCENE VIII.

ERASTE, LANGOUMOIS.

ERASTE.

Langoumois!

LANGOUMOIS.

Monsieur, je venois à vous.

ERASTE.

Il faut que tu retournes au Petit Paris dire que ce sera pour demain asseurement.

LANGOUMOIS, *riant.*

Monsieur, j'ay fait comme *Oreste*, qui ne laissa pas de tuer *Pirrhus*, quoy que *Cleone* luy eût été dire qu'il n'en fist rien sans revoir *Hermione*.

ERASTE, *le batant.*

Comment, coquin ! vous vous meslez donc aussi de me parler de l'*Andromaque?*

LANGOUMOIS.

Hé! Monsieur, je voulois vous dire que, quoy qu'on m'eust averty de ne rien faire sans nouvel ordre, je n'ay pas laissé de commander vostre regale pour demain.

ERASTE.

Et l'as-tu deviné, traistre?

LANGOUMOIS.

Non, Monsieur. Il y a cette difference entre *Oreste* et moy, que s'il a deviné, luy, que celle-là n'en vouloit pas moins tuer l'autre, moy, j'ay sceu vostre volonté d'un des laquais de Sylviane qui m'a rencontré au cabaret.

SCENE IX.

ERASTE, LA VICOMTESSE, LANGOUMOIS.

LA VICOMTESSE, *sortant de chez elle.*

Je suis bien aise de vous voir, Eraste.

La Vicomtesse.

Vous avez raison, et, en dépit de cette spirituelle, c'est un chef-d'œuvre surprenant que cette tragedie.

Eraste.

Surprenant autant qu'il puisse l'estre. Vous y voyez une *Hermione* qui court un *Pirrhus*, et tous deux avoir une telle simpathie l'un avec l'autre, que, quand celle-là a fait une scene avec sa *Cleone*, celuy-cy la double aussi tost avec *Phenix, son precepteur*. Elle et luy n'ont qu'une mesme pensée. Ils s'expriment avec les mesmes mots, et cependant ce *Pirrhus* n'en aime pas plus cette *Hermione :* est-il rien de si admirable et de si surprenant? Aprés, Madame, j'ay ouy dire qu'*Astianax* fut precipité du haut d'une tour par *Ulisse;* mais, dans cette comedie, sa mere le sauve fort subtilement et trompe cet *Ulisse,* qui estoit le plus fin diable qui fust en France.

La Vicomtesse.

Vous voulez dire en Grece.

Eraste.

En Grece, en France, qu'importe? Mais est-il rien de si surprenant?

Langoumois, *à Eraste.*

Je vous apprendray quelque chose de plus surprenant. Ecoutez-moy.

Eraste.

Pendart!..

LA VICOMTESSE.

Cela n'est pas au goust d'Alcipe. Il dit que c'est une faute d'avoir changé un évenement aussi connu que la mort d'*Astianax;* que ce sont de ces histoires qu'on sçait mieux que celles de nostre temps mesme et qu'on ne doit point déguiser. Mais il ne sçait pas que c'est ce qui fait la beauté de nos romans.

ERASTE.

Peut-on ne pas trouver cela beau? Le benest! l'insensé! le miserable!

LA VICOMTESSE.

Ou bien, dit-il, quand on veut déguiser l'Histoire, il faut que cela serve à quelque chose de grand et d'ingenieux, comme quand Ronsard sauve cet *enfant* pour en tirer l'origine de plusieurs grands rois. Mais, dans l'*Andromaque*, on le sauve sans dire pourquoy, ny ce qu'il devient.

ERASTE.

Quoy! il parle de Ronsard, de ce vieux Ronsard? Le fou! le fou! y en a-t'il de pareils aux Petites-Maisons? Je vous suis obligé, Madame, de m'en avoir tantost debarassé; il me parloit sans cesse d'*Oreste*, et, sans vous, il s'alloit encore jetter sur la friperie de *Pirrhus*.

LA VICOMTESSE.

Ah! pour *Pirrhus*, Alcipe dit qu'il n'avoit pas leu les romans.

ERASTE.

Il ne les avoit pas leus! et que sçait-il? qui

est-ce qui le luy a dit? Je luy soustiens, moy,
que *Pirrhus* avoit leu la *Clelie.*

LA VICOMTESSE, *riant.*

Ah! pour la *Clelie*, il ne se peut; mais du
moins il avoit leu les romans de son temps, car
l'*amour* est l'ame de toutes ses actions, aussi bien
que de la piece, en dépit de ceux qui tiennent
cela indigne des grands caracteres. Enfin, on a
raison de renvoyer Corneille à l'escole. Il n'a
jamais rien fait d'approchant.

ERASTE.

Corneille? On m'a fait voir ce matin, chez un
libraire, que Corneille luy a volé une scene
presque entiere et vingt autres endroits par
cy, par là, pour mettre dans une de ses pieces.

LA VICOMTESSE.

Comment? Corneille a-t-il fait quelque piece
depuis l'*Andromaque?*

ERASTE.

Parbleu! Madame, c'est la scene où *Hermione*
veut qu'*Oreste* aille tuer *Pirrhus.* Je l'ay con-
ferée avec celle de Corneille. Il y a une *Emilie*
qui dit toute la mesme chose à un certain *Cinna.*

LA VICOMTESSE.

Vous me raillez, Eraste.

ERASTE.

Non, Madame; je vous le feray voir quand il
vous plaira, et tous les autres endroits que je
vous dis.

LA VICOMTESSE.

Vous voulez me dire que l'autheur de l'*An-*

dromaque a pris cette scene dans le *Cinna,* qui
est fait il y a trente ans?

ERASTE.

Tout de bon? (*Bas.*) Se seroit-on moqué de
moy?

LA VICOMTESSE.

Adieu; je ne veux plus demeurer avec un
homme qui commence à tourner casaque à mon
party, et je vay voir si l'on joüe chez Sylviane.

SCENE X.

ERASTE, LANGOUMOIS.

LANGOUMOIS.

O! grace au Ciel, la babillarde nous laisse en
repos. Vous plaist-il que je parle, Monsieur?

ERASTE.

Ouy; mais, s'il t'arrive jamais de me venir in-
terrompre comme tu as fait, quand je seray
avec quelqu'un, je t'estropieray.

LANGOUMOIS.

Vous voulez estropier les gens quand on vient
vous donner des avis de la derniere consequence.

ERASTE.

Quels sont ces avis? Parle viste.

LANGOUMOIS.

En rentrant ceans par le jardin, j'ay trouvé
Lise, qui m'a dit que vous avez un rival.

6.

ERASTE.

Un rival! et qui pourroit-ce estre, bon Dieu! si ce n'est ce Lysandre que j'ay veu?

LANGOUMOIS.

Il est aymé d'Hortense depuis long-temps.

ERASTE.

Il est aymé? Ah! fiez-vous aux filles après cela!

LANGOUMOIS.

Le cocher de Sylviane est le porte-poulet.

ERASTE.

Fiez-vous encore à des marauts de cochers, meres! fiez-vous-y.

LANGOUMOIS.

Une cousine d'Hortense preste sa maison pour les rendez-vous.

ERASTE.

Fiez-vous mesme à de maudites cousines, morbleu!

LANGOUMOIS.

Et cet honneste homme-là doit l'enlever à minuit par la petite porte du jardin.

ERASTE.

Il la doit enlever! Et le nom de ce ravisseur, le sçais-tu?

LANGOUMOIS.

Il s'appelle Lysandre.

ERASTE.

Quoy! c'est Lysandre? Ah! l'on ne peut guere tromper des yeux interessez, et je l'ay bien dit, à les voir parler d'action comme ils faisoient. La

petite infidelle! Il n'estoit venu que pour sçavoir
si sa mere estoit à la maison.

LANGOUMOIS.

C'est sans doute, Monsieur, que, le porte-
poulet ayant esté obligé d'aller à Saint-Cloud
avec son chariot, ils n'avoient plus personne
par qui se faire sçavoir leurs sentimens.

ERASTE.

Et comment Lise a-t-elle sceu tout cela?

LANGOUMOIS.

Elle a esté du secret par necessité. On luy a
mesme promis cinquante pistoles pour se taire,
et, par parenthese, Monsieur, vous estes bien-
heureux de luy en avoir promis cent, cela est
cause de vostre salut; mais la voicy.

SCENE XI.

ERASTE, LANGOUMOIS, LISE.

ERASTE, *allant au devant.*

Je dois la vie à ton avis, ma chere Lise, et il
faut que je recompense ta fidelité; tends la
main.

LISE.

Monsieur, j'attendray bien les cent pistoles
tout à la fois.

ERASTE.

Prends toûjours, cecy ne sera pas compté sur la somme. Hé bien! Lise, il nous faut rompre le coup de cet enlevement.

LISE.

Ouy, Monsieur, et épouser dés demain sans faute; au moins, quand Hortense sera vostre femme, vous n'aurez plus rien à craindre.

ERASTE, *à Lise.*

Aurois-tu creu cela d'Hortense ?

LANGOUMOIS.

Hon! j'ay eu bon nez, moy, quand je l'en ay soupçonnée.

LISE.

Les filles qu'on veut marier malgré elles sont capables de beaucoup de choses.

ERASTE.

Et fut-ce malgré elle que la double friponne donna son consentement, quand on parla de nous marier?

LISE.

Il faut bien que ce n'ait esté que par le commandement absolu de sa mere, puis qu'elle aimoit cet autre. Mais, comme je vous dis, il ne faut que rompre leur dessein, et Lysandre sera bien attrapé, aussi bien que son Cleonte, qui vient de parler peut-estre à Madame afin de l'amuser.

ERASTE.

Quoy! l'homme qui est venu s'appellé Cléonte?

LISE.

Ouy. Qui vous rend étonné? qu'avez-vous?

ERASTE, *à part*.

Ah! je suis ruiné! (*Haut*.) Lise, il faut tout découvrir à Sylviane.

LISE.

Gardez-vous-en bien. Ma maîtresse se douteroit aussi-tost que je vous en aurois averty. Il vaut mieux vous promener dans le jardin jusqu'aprés minuit. Comme vous loüez une partie de la maison, vous y avez vostre part comme un autre, et l'on n'y pourra trouver à redire. Adieu, j'ay peur seulement qu'on ne me voye avec vous.

SCENE XII.

ERASTE, LANGOUMOIS.

ERASTE.

Falloit-il que ce Cleonte se rencontrast icy pour me traverser peut-estre encore! Mais il ne faut pas balancer, prenons la place de Lysandre; enlevons mon infidelle à la faveur de leur rendez-vous, et puis, selon que nous aurons sujet de craindre ou d'esperer, nous nous servirons de cet enlevement. Cours chez Alcipe, et dis-luy que j'ay quelque chose d'importance à luy communiquer et qu'il m'attende chez luy.

LANGOUMOIS.

Le voicy, Monsieur, comme s'il l'avoit deviné.

SCENE XIII.

ERASTE, ALCIPE, LANGOUMOIS.

LANGOUMOIS.

Mon maistre a bien affaire de vous, Monsieur.

ERASTE.

Par quel bonheur te rencontres-tu icy, cher cousin?

ALCIPE.

Ce n'est pas sans sçavoir pourquoy ny comment, comme ton *Pylade* se trouve en *Epire* tout prest à servir *Oreste* au besoin.

ERASTE.

Eh! mon Dieu, laissons cela là!

ALCIPE.

C'est parce que j'ay promis à la Vicomtesse de revenir joüer chez Sylviane.

ERASTE.

Apprens quel est mon malheur.

ALCIPE.

Quel malheur?

ERASTE.

Ce que je craignois est, que je croy, arrivé.

ALCIPE.

Comment?

ERASTE.

Je te le diray; mais Hortense est perduë pour
moy si je ne l'enleve.

ALCIPE, *souriant*.

Tu n'as que des desseins heroïques! Le moyen
de l'enlever, si elle n'y consent pas? Je ne trouve
point la chose fort aisée.

ERASTE.

Et moy, je te dis que j'auray fait cela en un
tour de main.

ALCIPE, *souriant encore*.

Mais...

ERASTE.

Je n'ay pas le temps de raisonner. Il faut que
je l'enleve, et quand? dés cette nuit.

ALCIPE.

(*A part.*) Le foù! (*Haut.*) Tu aurois besoin
d'un homme pour cela.

ERASTE.

Et de qui?

ALCIPE.

De l'autheur d'*Andromaque*.

ERASTE.

Hé! laisse en paix l'*Andromaque,* maudit pa-
rent! As-tu envie de me faire enrager?

ALCIPE.

Tout de bon. C'est qu'il trouveroit moyen de
te rendre cela le plus aisé du monde, et, quand
Hortense seroit aussi bien suivie qu'*Hermione*

et sa maison aussi bien gardée qu'estoit le *palais de Pirrhus*, tiens, ce ne seroit qu'une bagatelle : il t'apprendroit, comme à *Pylade*, tous les détours obscurs de son appartement; il te feroit porter Hortense sur le poing, sans que la belle en dît un seul mot, sans que ses gardes en vissent rien :

> Et cette nuit, sans peine, une secrete voye
> Jusques dans nos vaisseaux conduiroit nostre proye.

ERASTE, *en colere.*

Tu parles comme un peroquet, et tu trouves l'enlevement d'Hortense impossible, faute de sçavoir les moyens que j'en ay. Me veux-tu servir? je ne te demande que cela.

ALCIPE.

Ouy dea, et de tout mon pouvoir.

ERASTE.

Entrons chez moy, je te diray toutes choses.

Fin du Second Acte.

ACTE III

—

SCENE PREMIERE.

LANGOUMOIS, LISE.

Langoumois.

Voila donc mon maistre bien chaudement, Lise, d'avoir enlevé la Vicomtesse en croyant enlever Hortense? Ah! j'en enrage. Qu'en dit-on chez toy?

Lise.

Ma maîtresse rit et danse, et croit que cela fera conclure son mariage avec Lysandre; mais Madame ne dit ce qu'elle a dans l'esprit à personne. Je tiens pourtant mes cent pistoles bien avanturées.

Langoumois.

Je perdray plus que toy si l'affaire ne va pas bien, car mon maistre me devoit faire perru-

quier, dés qu'il auroit épousé ta maîtresse. Mais
pourquoy ne vins-tu pas l'avertir qu'elle ne des-
cendroit point au jardin? Il n'auroit pas fait cette
beveuë.

LISE.

Pourquoy luy aurois-je esté dire cela? Ma
maîtresse n'a pas manqué d'y descendre, non
plus que moy, et nous y entrions justement
comme ton maître faisoit cette belle affaire, qui
nous a fait retourner sur nos pas plus viste
que nous n'estions venuës.

LANGOUMOIS.

C'est toûjours ta faute : si tu l'eusses fait descendre plustost, il n'en eût pas pris une autre
pour elle.

LISE.

Tu es fou. Si j'eusse pu l'empescher absolu-
ment d'y aller, je l'eusse fait, et j'eusse creu
bien servir ton maistre. M'avoit-il dit qu'il vouloit l'enlever? Et puis, qui se seroit imaginé
que cette l'endort de Vicomtesse se trouveroit
là si à propos, pour estre cause de tout ce malheur?

LANGOUMOIS.

Maudites soient ses visions et ses promenades
nocturnes! Cette malheureuse-là n'est faite que
pour faire damner tout le monde. Voila une
avanture de roman telle qu'il la luy falloit.

LISE.

Adieu; la voicy que ton maistre rameine chez
elle.

LANGOUMOIS.

Peste! il attendoit que je retournasse pour
luy porter quelques nouvelles; je veux l'éviter
aussi bien que toy : il ne feroit peut-estre pas
bon auprés de luy dans la mauvaise humeur où
il doit estre.

SCENE II.

ERASTE, ALCIPE, LA VICOMTESSE.

ERASTE, *à Alcipe, tandis que la Vicomtesse
s'avance sur le bord du theatre, le mouchoir
sur les yeux.*

Entre chez Sylviane; avant que je la revoye
dis-luy que je croyois enlever Hortense pour
rompre la partie faite entre elle et Lysandre;
sçache ce que l'arrivée de Cleonte aura pû pro-
duire, songe enfin à tout, car j'enrage. (*S'avan-
çant en suite vers la Vicomtesse.*) Vous voila
chez vous, Madame, il n'y a rien de gasté.

LA VICOMTESSE.

Va, lâche! ton action a étouffé dans mon ame
tout ce que j'y avois d'estime pour ta personne.

ERASTE.

Il ne faut pas pleurer.

LA VICOMTESSE.

Ha! je pleureray plus long-temps cet affront
qu'*Andromaque* n'a pleuré son Hector. Va, je

t'aymois, puis qu'il faut que je le die, et tu me
tenois lieu quelquefois d'un objet assez doux
dans mes resveries innocentes; mais...

ERASTE.

Je vous ay dit...

LA VICOMTESSE.

Non, je te regarde comme un infame ravisseur.

ERASTE.

Que diable...?

LA VICOMTESSE.

Comme un monstre de brutalité, et le Ciel
permettra que je sois vangée du plus perfide de
tous les amans.

ERASTE.

Mais, Madame, à qui parlez-vous et de quoy
vous plaignez-vous? Je me suis mépris: hé bien,
je vous en demande pardon, et je vous ramene
chez vous tout aussi entiere que je vous en ay
enlevée.

LA VICOMTESSE.

Imagine-toy que je suis *Clelie* et que tu es
Horace, et que, malgré ton amour, je te haïray
desormais comme la mort.

ERASTE.

Au diable soit la folle! Morbleu! Madame,
regardez-moy bien, je m'appelle Eraste; cher-
chez vostre Horace où il vous plaira; je ne vous
demande rien, je vous rends à tous vos gens, et
je l'aurois fait dés cette nuit, quand j'ay connu
que je vous avois prise pour une autre, si vous

eussiez voulu m'écouter; mais vous avez couru
vous enfermer dans le cabinet d'Alcipe, d'où
l'on n'a pû vous tirer, quelque chose qu'on vous
ait pû dire; c'est vostre faute, car, pour moy, je
ne vous demandois rien.

LA VICOMTESSE.

· Va, lâche! m'avoir mis la main sur la bouche,
et m'avoir causé une pasmoison dont j'ay pensé
mourir, est-ce là l'action d'un amant?

ERASTE.

Encore? Je suis fort vostre serviteur, Madame, mais vostre amant...

LA VICOMTESSE.

Dissimule, dissimule, et dis que tu ne m'aimes
pas, pour cacher ton dépit.

SCENE III.

ERASTE, LA VICOMTESSE,
HORTENSE.

LA VICOMTESSE.

Ah! Madame, Madame, vostre mere est-elle
dans sa chambre?

HORTENSE.

Ouy, Madame.

LA VICOMTESSE.

Il faut que je luy demande protection contre

7·

un infidelle ravisseur. (*A Eraste.*) Va, perfide!
va chercher qui puisse t'aymer, aprés le crime
que tu as commis. (*Elle entre chez Sylviane.*)

SCENE IV.

ERASTE, HORTENSE.

HORTENSE.

Vous ne m'attendiez pas, Monsieur, et je vois bien
Que mon abord icy trouble vostre entretien.
Je ne viens pas, armé d'un indigne artifice,
D'un voile d'équité couvrir mon injustice.
Il suffit que mon cœur me condamne tout bas,
Et je soustiendrois mal ce que je ne croy pas.

ERASTE.

Qu'est-ce que cela veut dire, Madame : ce que
vous ne croyez pas?

HORTENSE.

Cela est un peu galimathias, mais il ne doit
pas l'être pour vous. Hé quoy! méconnoistriez-
vous des vers que vous estimez tant? Il faut
vous parler en prose. Je viens donc vous dire,
Monsieur, que j'épouse Lysandre.

ERASTE.

Vous épousez Lysandre?

HORTENSE.

Ouy, Monsieur, et j'avoüe que l'on vous avoit
voué la foy que je luy voüe. Une autre que moy

vous diroit que sa mere auroit fait cela sans
consulter son cœur, et que sans amour elle auroit esté engagée à vous, mais je ne veux pas
m'excuser. Si vous voulez, j'épouse Lysandre
parce que je veux estre traitresse. Eclatez contre
moy. Donnez-moy tous les noms destinez aux
parjures, je ne crains pas vos injures.

Et, bien loin de contraindre un si juste courroux,
Il me soulagera peut-estre autant que vous.

ERASTE.

Ah! que cela est beau de venir ainsi chercher
les gens pour leur faire insulte! Vous devriez
avoir honte de vous vanter, à mon nez, de vostre
lâcheté, au lieu de vous cacher et de m'éviter
avec soin. Une autre que vous trouveroit quelque excuse pour colorer sa trahison.

HORTENSE.

Hé quoy! Monsieur, vostre interest vous fait
si tost changer de sentimens? Quand je disois
du compliment de *Pirrhus* ce que vous venez de
dire du mien, vous m'accusiez de ne me pas
connoistre aux belles choses. Je vous parle avec
franchise, comme il fait à *Hermione :* je me suis
servie de ses propres termes, et mesmes j'ay em-
ployé de ses vers, pour vous faire avaller cela
plus doux.

ERASTE.

Ah! ne faites pas la rieuse.

HORTENSE.

Quoy?

ERASTE.

Mais j'ay tort de m'emporter; riez, ma petite mignonne, riez; on est allé instruire vostre mere de tout ce qu'il faut pour rabattre vôtre caquet, et nous verrons si vous espouserez ce Lysandre. Voicy l'homme qui nous en dira des nouvelles.

SCENE V.

HORTENSE, ERASTE, ALCIPE.

ERASTE.

Eh bien! cousin, l'enlevement de la Vicomtesse tourne-t'il à ma confusion ou à celle de Madame? Madame vient de me dire qu'elle va épouser Lysandre.

ALCIPE.

Ne vois-tu pas que Madame se vange galamment de tes brusqueries par ces petites allarmes qu'elle te donne? Lysandre vient, en effet, d'entrer là dedans avec Cleonte, mais c'est pour parler des affaires de son pere, et Sylviane n'a point changé d'intention pour toy.

HORTENSE.

Voila qui va bien. (*Elle va au devant de Lysandre et de la Vicomtesse, qui sortent de chez Sylviane comme pour entrer dans le jardin.*)

SCENE VI.

ERASTE, ALCIPE, HORTENSE, LA VICOMTESSE, LYSANDRE.

ALCIPE, *bas à Eraste.*

Au contraire, elle m'a asseuré qu'elle feroit les nopces aujourd'huy, et elle a témoigné beaucoup d'aigreur à ce Lysandre d'avoir voulu enlever sa fille.

HORTENSE, *à la Vicomtesse et à Lysandre.*

Où allez-vous donc?

LYSANDRE.

Nous croyions que vous estiez au jardin, et nous allions vous y chercher pour nous promener avec vous, pendant que Sylviane est en affaires.

LA VICOMTESSE, *appercevant Eraste.*

Ah! voila mon ravisseur.

HORTENSE, *la retenant.*

Ne craignez rien, vous estes en seureté avec nous, Madame.

ERASTE, *à Hortense.*

C'est donc Monsieur que vous épouserez, Madame?

HORTENSE.

Je ne sçay pas asseurement si ce sera Monsieur, mais je sçay bien que ce ne sera pas vous.

ERASTE, *à Alcipe*.

Ce ne sera pas moy, Alcipe, ce ne sera pas
moy!

ALCIPE.

Mon Dieu! tay-toy.

HORTENSE.

Non, sur ma foy! j'en jure.

LYSANDRE, *à Eraste*.

Pour moy, je ne prendrois pas plaisir à me
faire aimer par force, et je ne voudrois obtenir
une personne que d'elle-mesme. (*A la Vicomtesse.*) N'est-ce pas le mieux, Madame?

LA VICOMTESSE.

Et dans *Cyrus,* et dans *Clelie,* et dans tous
nos romans, nous voyons que tous ceux qui en
usent autrement sont tousjours malheureux.

ERASTE.

Je me mocque de *Clelie* et de *Cyrus.* Ayant la
parole de la mere, il m'importe peu que la fille
y consente ou non.

HORTENSE.

C'est bien dit.

ERASTE.

Ouy, c'est bien dit.

LYSANDRE.

Hé quoy! il faut que les choses prennent ce
train pour l'interest d'une comedie?

ERASTE.

Ouy, et c'est maintenant que je pretens la
soustenir malgré elle et malgré tout le monde,
puis que j'ay commencé à la loüer.

ALCIPE.

Quoy! tu vas recommencer tes folies?

HORTENSE.

Mon Dieu! laissez-le faire, Alcipe. Il vaut mieux qu'il parle de cela que d'autre chose.

LYSANDRE, *bas à Hortense.*

Je veux avoir le plaisir de l'obstiner à mon tour. (*A Eraste.*) Pour moy, Monsieur, je me laisse entrainer, comme beaucoup d'autres, au plaisir que donnent ces spectacles, sans m'amuser à les critiquer; mais il est vray que ce que Madame a dit de l'*Andromaque* m'y a fait trouver des deffauts auxquels je n'avois pas pris garde.

ERASTE, *à Alcipe.*

L'entens-tu?

ALCIPE, *à Eraste.*

Ne te fais pas une seconde affaire et cede-leur quelque chose.

ERASTE.

Moy, je n'en feray rien; je soûtiendray jusqu'au bout mon opinion.

HORTENSE, *à Alcipe.*

Vous ne le ferez pas changer.

LYSANDRE, *à Eraste.*

Quand il n'y auroit que l'imprudence avec laquelle *Pirrhus* se deffait de sa garde, trouvez-vous que cela soit bien?

ALCIPE.

Il n'est pas seulement vray-semblable, aprés

que *Phenix* l'a averty du danger et qu'*Hermione* l'en a menacé.

ERASTE, *à Alcipe.*

Mais voyez cet extravagant! Comment voulois-tu qu'on le tuast sans cela?

HORTENSE, *riant.*

Ha! ha! ha!

ERASTE, *à Hortense en la contrefaisant.*

Ha! ha! ha!

LYSANDRE, *à la Vicomtesse.*

Ah! ah! Vous n'en riez pas aussi, Madame?

LA VICOMTESSE.

Je suis encore affligée.

HORTENSE.

Il faut oublier tout, Madame, avec generosité.

LA VICOMTESSE.

J'y feray mon possible, à cause de la compagnie; mais, quand je pourrois rire, je ne rirois point de cela : car, en effet, *Pirrhus* ne pouvoit faire autrement, ayant à mettre *Astianax* en seureté.

ERASTE.

Madame en donne encore une raison à laquelle je ne songeois pas.

HORTENSE.

Et pourquoy ne le menoit-il pas au temple avec luy? Ils y auroient esté gardez tous deux par la mesme garde.

ERASTE.

Pourquoy, Madame? C'est qu'il ne luy plaisoit pas.

ALCIPE, *à Eraste.*

C'est que c'estoit un ecervelé?

ERASTE.

Et toy un autre.

LYSANDRE, *à Hortense.*

Mais, Madame, la garde de *Pirrhus* estoit-
elle si petite qu'elle ne pust suffire à le garder et
un autre aussi?

HORTENSE.

Elle estoit bien chetive pour un prince envers
qui le plus grand roy de Grece venoit en ambassade!

ERASTE.

Hé bien, bien, Messieurs! je vous accorde
qu'il y peut avoir des choses contre les regles,
dans cette piece; mais se doit-on soucier des
regles? Au moins m'avoüerez-vous qu'il n'y en
eut jamais de si bien escrites.

HORTENSE.

De si bien escrites!

LA VICOMTESSE.

Oh! c'est par là principalement qu'on l'a ad-
mirée; l'on ne vit jamais un langage plus net ny
plus juste.

LYSANDRE.

Et moy, Madame, je soustiens le contraire.

HORTENSE.

Et moy aussi.

ERASTE, *à Alcipe.*

Et toy aussi?

8

ALCIPE.

Et moy aussi.

ERASTE, *foüillant dans sa poche.*

Ah! par sembleu! Messieurs, vous m'en con-
vaincrez tout à l'heure. Voicy l'*Andromaque*
dans ma poche, et.... Toutefois je pensois l'avoir,
et je ne l'ay pas.

LYSANDRE, *en la tirant de la sienne.*

Je l'ay, moy, Monsieur, et je m'en vay vous
en monstrer les fautes à livre ouvert.

LA VICOMTESSE.

Ah! cela est temeraire.

ERASTE, *à Lysandre.*

A livre ouvert donc, à livre ouvert.

LYSANDRE.

Ouy, ouy.

ERASTE.

Nous allons voir comment il s'y prendra, à
livre ouvert.

LYSANDRE.

Hermione dit à *Oreste* qu'il se dégage des
soins dont il est chargé. *Oreste* luy répond que
les refus de *Pirrhus* l'ont assez dégagé, et qu'on
le renvoye sans le fils d'*Hector*.

ERASTE.

Voyons, voyons les vers. Tudieu! ce que vous
dites-là est de la prose.

LYSANDRE.

C'est pour vous faire prendre le sens de ce
qui doit suivre. Il répond donc cela et ajoûte :

.....Ainsi donc, il ne me reste rien
Qu'à venir prendre icy la place du Troyen.
Nous sommes ennemis, luy des Grecs, moy le vostre;
Pirrhus protege l'un, et je vous livre l'autre.

Entendez vous cela, Mesdames?

HORTENSE.

Non.

LYSANDRE.

L'entendez-vous, Messieurs?

ALCIPE.

Ma foy, non.

ERASTE.

Et moy je l'entens. Recommencez un peu.

HORTENSE.

Pourquoy faire recommencer, si vous l'entendez?

ERASTE.

Pour vous faire parler.

LYSANDRE.

Çà, ça, je recommenceray:

.....Ainsi donc, il ne me reste rien
Qu'à venir prendre icy la place du Troyen.
Nous sommes ennemis, luy des Grecs, moy le vostre;
Pirrhus protege l'un, et je vous livre l'autre.

ERASTE.

Ah! je l'entens à merveille; recommencez
encore, je vous prie.

HORTENSE, *riant*.

Ah a a!

ALCIPE.

Ah a a!

La Vicomtesse.

Si l'on ne l'entend pas bien, du moins on devine quasi la beauté qu'il a voulu faire en cet
endroit.

Alcipe.

D'accord, Madame, on devine quasi lors qu'on
a autant d'esprit que vous en avez, mais cela
n'empesche pas que ce ne soit un galimathias.

Lysandre.

Asseurement. Sans tourner le fueillet, en
voicy d'autres :

J'ay mandié la mort chez des peuples cruels...

La ·Vicomtesse.

Quoy! vous trouvez à redire à cet endroit-là?

Lysandre.

Ouy, Madame.

Eraste, *se touchant le front avec le doigt.*

Cet homme-là en a un grain, par ma foy! Eh!
fy! fy! Monsieur ; c'est un endroit que j'ay rete-
nu par cœur à cause de sa beauté : comment le
trouveriez-vous méchant?

J'ay mandié la mort chez des peuples cruels
Qui n'appaisoient leurs dieux que du sang des mortels :
Ils m'ont fermé leur temple, et ces peuples barbares
De mon sang prodigué sont devenus avares.

C'est une expression qui tonne; ne vous fait-
elle pas peur seulement, quand vous voulez la
critiquer?

Lysandre.

Pour devenir avare d'un sang, il faut en avoir

usé auparavant sans avarice. Comment ces peuples barbares pouvoient-ils avoir fait cela, si *Oreste* n'avoit jamais esté en leur puissance, et si c'estoit luy-mesme qui offroit son sang?

ERASTE.

Le beau raisonnement!

LYSANDRE.

Aprés. Il faut que la chose nous soit chere pour en estre avares; et, si le sang d'*Oreste* fut indifferent aux Scithes...

ERASTE.

Il fut indifferent!

LYSANDRE.

Il faut même qu'ils ne l'ayent pas jugé digne d'estre versé, et luy fermer leur temple en estoit une grande marque.

ERASTE.

J'enrage d'entendre une si belle critique.

HORTENSE.

Avares de son sang prodigué n'est pas bien dit aussi : car, *Oreste* vivant encore, son sang n'estoit point prodigué.

LYSANDRE.

Il est vray.

ERASTE.

Ouy, c'est assez que Madame l'ait dit.

ALCIPE.

Madame a raison, il falloit dire : *de son sang offert*, et non pas : *de son sang prodigué.*

ERASTE.

Et crois-tu qu'il n'auroit pas dit *offert* aussi

8.

bien que toy, s'il l'avoit voulu? Car, tiens, il le pouvoit, et le voila :

Ils m'ont fermé leur temple, et ces peuples barbares
De tout mon sang offert sont devenus avares.

Mais *prodigué* sonne bien mieux.

LYSANDRE, *en raillant.*

Prodigué sonne mieux. Monsieur a raison.

LA VICOMTESSE.

Deux endroits mal tournez ne gastent pas une grande piece.

ALCIPE.

Deux endroits, Madame? S'il n'y avoit que cela, je l'en tiendrois quitte à bon marché, mais il y en a bien d'autres.

LA VICOMTESSE.

Ah! je n'en tombe pas d'acord.

HORTENSE.

Je veux moy-mesme en convaincre Madame. Prenez la peine de m'expliquer cecy, Madame, s'il vous plaist. *Oreste* dit à *Pylade :*

Mais quand je me souvins que parmy tant d'allarmes
Hermione à Pirrhus prodiguoit tous ses charmes.

Ces vers font-ils venir l'idée d'une fort honneste fille, Madame?

LA VICOMTESSE.

Ah! vous avez l'esprit malin, Madame.

LYSANDRE.

La remarque est juste; on ne peut donner un sens fort honneste à cette riche expression :

Hermione à Pirrhus prodiguoit tous ses charmes.

Mais tout est plein de semblables fautes.

ERASTE, *à Lysandre.*

Ma foy! vous les y avez donc mises, car je
vous soustiens que non.

LYSANDRE.

Et moy je soûtiendray toûjours que si contre
tous.

ERASTE.

Je vous feray pourtant confesser tout à l'heure
qu'il n'est pas vray. Langoumois! hé! Langoumois!

ALCIPE.

Quel est ton dessein, avec ton Langoumois?

ERASTE.

J'auray raison de ce qu'il m'a dit là. Langoumois! Ce bourreau qui ne viendra pas!... Mais
j'iray bien moy-mesme. (*A Lysandre.*) Attendez-moy, Monsieur, attendez-moy de pied ferme.

ALCIPE.

Il faut que je le suive et que je sçache ce qu'il
veut faire.

SCENE VII.

LYSANDRE, HORTENSE, LA VICOMTESSE.

HORTENSE.

Où va donc ce fou-là? Lysandre, ne l'attendez pas, et rentrons plustost dans la salle, car je me deffie de son dessein.

LYSANDRE.

Ne vous allarmez pas, ce n'est point icy un lieu où vous deviez rien aprehender.

LA VICOMTESSE.

Aprés ce qui m'est arrivé, il y a lieu d'en craindre toutes choses, et surtout en ce moment où il a bien reconnu que vous parliez contre vostre pensée, pour vous joüer de luy.

LYSANDRE.

Je ne parle point contre ma pensée : l'*Andromaque* n'est pas des mieux escrites.

LA VICOMTESSE.

Ah! Lysandre.

HORTENSE, *à Lysandre.*

Rentrez, vous dis-je, car je tremble toûjours.

LYSANDRE.

Hé! Madame, ne craignez rien, je vous prie.

HORTENSE.

Helas! si l'esperance qu'un tel brutal a toûjours de m'épouser étoit bien fondée, que je serois malheureuse!

LYSANDRE.

Vous devez moins craindre cela que le reste.
Je sçay ce que je sçay, et tout ira comme nous
le souhaitons, Madame.

HORTENSE.

Ah! le voicy qui revient comme un tonnerre.
Contentez-moy, et rentrez.

SCENE VIII.

ERASTE, HORTENSE, LYSANDRE,
LA VICOMTESSE, ALCIPE.

ERASTE, *frapant de la main auparavant sur sa
poche, et puis y foüillant avec les deux mains.*

Allons, morbleu! voicy de quoy, et il faut me
convaincre autrement que vous n'avez fait.

HORTENSE, *pensant qu'il tire l'espée.*
Ah!

LA VICOMTESSE.
Ah!

ERASTE, *tirant un livre de sa poche.*
Voicy une autre *Andromaque*, que je viens de

querir et qui n'est point falsifiée comme la vostre. Montrez-moy un défaut dans celle-cy.

LYSANDRE.

Ouy, Monsieur, à livre ouvert, comme dans l'autre.

LA VICOMTESSE.

Ah! que j'ay eu peur, aussi bien que vous, Madame!

HORTENSE, *souriant en reprenant haleine.*

Ah! ah! j'en suis encore toute émuë, mais je me suis trompée heureusement.

ALCIPE, *riant.*

Hay! hay! il n'est pas si emporté que vous le croiez, Mesdames.

ERASTE.

Qu'avez-vous tous à rire? Nous allons voir un homme bien camus, car celle-là est sans faute. (*A Lysandre.*) A livre ouvert donc.

LYSANDRE, *à Alcipe.*

Il est vray qu'elle est sans fautes. Lisez un peu cet endroit-là, il y a cinq fautes en six vers.

ERASTE.

Vouloir trouver cinq fautes en six vers dans l'*Andromaque!* Cela n'est-il pas déplorable?

ALCIPE.

Ha! l'endroit est de ma connoissance, et il est vray :

..... Je pensay que la guerre et la gloire
De soins plus importans rempliroient ma memoire ;
Que, mes sens reprenant leur premiere vigueur,
L'amour acheveroit de sortir de mon cœur.

Mais admire avec moy le sort, dont la poursuite
Me fait courir moy-mesme au piege que j'évite.

Est-ce bien écrire que de mettre : j'ay crû que
la guerre et la gloire de soins plus importans
rempliroient ma memoire, au lieu de : rempliroient mon esprit? La memoire ne se remplit
que des choses passées, et memoire et esprit
sont deux choses bien differentes.

LYSANDRE.

Il n'est rien de plus vray.

ERASTE.

Oh! vrayement ouy, Monsieur, il n'est rien
de plus vray. Voila donc une faute; où sont les
quatre autres?

ALCIPE.

Que, mes sens reprenant leur premiere vigueur,
L'amour acheveroit de sortir de mon cœur.

Cela est encore tres-mal écrit : car plus les
sens sont vigoureux, plus on a de disposition à
l'amour. Au moins il me le semble ainsi, mon
cher cousin.

ERASTE, *à Alcipe et puis à Hortense.*

Le miserable! Vous le semble-t-il aussi, Madame?

HORTENSE.

Moy? je ne sçay pas cela.

ALCIPE, *à Eraste.*

Il faut dire *ma raison,* et non pas *mes sens.*

LYSANDRE.

Dit-on encore : *le sort dont la poursuite,* pour :

dont la persecution? *Me fait courir moy-mesme*
ce *moy-mesme* n'est-il pas une belle cheville ?

ALCIPE.

Et de quatre, mon cher cousin.

HORTENSE.

Et puis, *courir au piege que j'évite,* par quel
sortilege peut-on courir à ce qu'on évite?

ALCIPE, *à Eraste.*

Et cinq.

ERASTE, *à Hortense.*

Je vous y feray courir tantost, sans sortilege,
en vous obligeant à m'épouser : ne vous en mettez pas en peine.

HORTENSE.

Si cela estoit, ce ne seroit point à ce que
j'éviterois, mais à ce que je voudrois éviter.

LYSANDRE.

Madame répond juste, il faut dire : au piege
que je voulois éviter, et non pas : que j'évite. Mais
il y a vingt autres fautes de cette nature dans
cette mesme scene.

LA VICOMTESSE.

Vous critiquez les endroits qu'il vous plaist.

LYSANDRE.

Je prendray la piece par la fin ou le commencement, pour montrer que je ne choisis pas.
Tenez :

Il croit que, toûjours foible et d'un cœur incertain,
Je pareray d'un bras les coups de l'autre main.

Ces vers ne sont-ils pas dans vôtre *Andromaque,* Monsieur ?

ERASTE.

Hé bien! qu'en voulez-vous dire?

LYSANDRE.

Dire *de l'autre main,* pour : de l'autre bras.

ERASTE, *en colere.*

Vous connoissez-vous en poësie? *Bras* a-t'il du rapport avec *incertain?* La rime y seroit-elle?

HORTENSE.

Non, mais la raison y seroit.

LA VICOMTESSE, *à Lysandre.*

Mais commencez un peu par les premiers vers de la piece, puis qu'il n'y a rien de bien escrit.

ERASTE.

Fort bien, Madame, je l'allois dire.

LYSANDRE.

Comme il vous plaira. Les voicy :

Ouy, puisque je rencontre un amy si fidelle,
Ma fortune va prendre une face nouvelle,
Et deja son courroux semble s'estre adoucy.

Je ne les ay pas falsifiez, au moins. Dit-on : *le courroux de ma fortune?* La fortune en general peut avoir du courroux; mais quand *fortune* signifie la condition, la miserable posture de quelqu'un, peut-on dire : ma miserable posture a du courroux contre moy, ou bien : a adoucy son courroux?

ERASTE.

Dieu me damne! je me trouve icy avec des gens bien sçavans.

9

LYSANDRE.

Voicy un autre endroit où *Oreste* dit à *Pylade :*

Mais dis-moy de quels yeux Hermione peut voir
Ses attraits offencez et ses yeux sans pouvoir ?...

HORTENSE.

De quels yeux une mesme personne *peut voir
ses yeux !* Voilà une estrange justesse d'expression.

LA VICOMTESSE.

Pour moy, je trouve cela bien.

ERASTE.

Et moy aussi.

ALCIPE, *riant, à Lysandre.*

Lisez un peu l'endroit où *Pirrhus* vient à l'audience d'*Oreste,* et ce qu'*Oreste* luy dit.

HORTENSE.

Ah! ne nous embarrassez point de cela ; nous n'aurions jamais fait, si l'on vouloit examiner cette belle harangue qui est toute pleine de fautes.

ERASTE.

On vous en croira, ma belle.

LYSANDRE.

Il n'y a pas d'endroits dans la piece où je n'en trouve, vous dis-je.

ERASTE, *prenant le livre.*

Ouy? Oh! trouvez-m'en donc en celuy-cy! Je le prendray par tant de costez que je l'attraperay.

Je l'ay veu vers le temple, où son hymen s'appreste,
Mener en conquerant sa nouvelle conqueste
Et, d'un œil qui desja devoroit son espoir,
S'enyvrer en marchant du plaisir de la voir.

LA VICOMTESSE.

S'est-il jamais rien dit de si juste et de si beau?

ERASTE.

Pardonnez-moy, Madame, cela est plein de fautes. .

HORTENSE.

Ce seroit une pitié qu'il n'y eust rien de juste dans toute une piece.

LYSANDRE.

Ne nous excusez pas encore, Madame; cela n'est pas si bien qu'il se l'imagine.

ALCIPE.

Non, cela ne vaut gueres mieux que le reste.

ERASTE.

Quoy?

D'un œil qui déja devoroit son espoir,
S'enyvrer en marchant du plaisir de la voir.

Cela n'est pas magnifique? Allez, maudits critiqueurs, il vient de vous enyvrer vous mesmes, vous ne sçavez plus ce que vous dites. C'est un endroit où j'ay veu tout le monde se recrier.

LA VICOMTESSE.

Oh! pour cela, Messieurs, vous avez le goust depravé. .

ALCIPE.

Non, Madame, on ne sçauroit dire qu'*un œil devore son espoir.*

ERASTE.

Et moy, traistre, je te devore bien des yeux, quand je t'entends parler si sottement : pourquoy ne veux-tu pas qu'un œil devore ?

HORTENSE.

Hé ouy ! Mais un homme aussi bien nourry qu'Alcipe seroit un meilleur morceau qu'un espoir.

LYSANDRE.

En effet, c'est une viande un peu creuse qu'un espoir. Mais en voila assez ; Monsieur doit estre desabusé par cet échantillon.

ERASTE.

Moy ? je dis toûjours que la piece est belle.

ALCIPE.

Tu fais bien ; garde-toy bien de te desdire.

HORTENSE, *à Eraste.*

J'ay pourtant gaigné ma cause en dépit de vous.

ERASTE.

Ouy, mais, en dépit de vous aussi, nous n'en épouserons pas moins aujourd'huy, et j'ay dequoy vous braver, puisque je me vois à couvert du méchant tour que vous me vouliez joüer cette nuit.

HORTENSE.

Andromaque en dit autant aux Grecs aprés la mort de *Pirrhus.* Elle ira jusques dans Sparte

les braver tous, *puis qu'elle voit son fils à
couvert de leurs coups.* Mais il se trouve qu'elle
dit cela lors que son fils est le plus en danger,
estant entre les mains de *Phenix* qui conseilloit
à *Pirrhus* de le livrer. Vous pourriez aussi crier :
« Ville gaignée! » que vous ne tiendriez encore
rien.

ALCIPE.

Ses petites reparties sont justes.

SCENE IX.

HORTENSE, LYSANDRE, ALCIPE, ERASTE, LA VICOMTESSE, LISE.

HORTENSE.

Où vas-tu, Lise?

LISE.

Madame m'a commandé d'envoyer querir le
notaire pour faire le contract de mariage.

HORTENSE.

Quoy! tu me dis vray, c'est pour faire mon
contract avec Eraste?

LISE.

Ouy, Madame a dit qu'elle vouloit vous voir
mariée sans remise et nous faire dancer aujourd'huy : ce sont ses propres paroles. Mais
adieu, j'ay ordre de faire diligence.

9.

SCENE X.

ERASTE, HORTENSE, LA VICOMTESSE, LYSANDRE, ALCIPE.

ERASTE, *faisant deux ou trois pas de danse.*

La la la la la la, nous dancerons donc aujour-d'huy, Madame? Je me sens le plus dispos du monde pour cela. Mais ce brave monsieur qui vous vouloit enlever commencera par le bransle de sortie, car je croy qu'il n'a plus que faire icy.

LYSANDRE.

Mon cavalier, je vous apprendray à traitter les gens avec honneur.

ERASTE, *mettant la main sur la garde de son espée.*

Mon brave, voicy de quoy vous répondre et deffendre le terrain.

ALCIPE, *se jettant à luy.*

Cousin, es-tu raisonnable? Ne te mocques-tu pas du monde?

LYSANDRE, *à Hortense.*

Madame, ce brutal me fera icy perdre le respect que je vous dois.

HORTENSE, *arestant Lysandre.*

Soyez plus moderé, Lysandre, je vous en prie.
Ouy, insolent, je le dis encore : quelque resolution que ma mere ait prise, j'espouseray plustost un monstre que toy.

ERASTE.

Nous le verrons, nous le verrons.

ALCIPE.

Veux-tu encore tout perdre, quand les choses
sont en si bon train ?

ERASTE.

Non, non, voicy la mere qui nous accordera.

SCENE XI.

SYLVIANE, ERASTE, LYSANDRE, ALCIPE, LA VICOMTESSE, HORTENSE.

ERASTE, *à Sylviane.*

Madame, vous venez à propos pour finir une
dispute qu'on fait encore à dessein de reculer
nostre mariage. Je vous prie d'asseurer vostre
fille que ce sera pour aujourd'huy, Madame :
elle ne m'en veut pas croire.

SYLVIANE.

Non, Eraste, j'ay changé d'avis. Ce ne sera point aujourd'huy, ny jamais, et ma fille n'est point du tout vostre fait.

ERASTE.

Comment, Madame! est-ce une action de gens d'honneur de manquer ainsi à sa parole?

HORTENSE, *à Eraste.*

Pirrhus est si honneste homme, à ce que vous dites, quoyqu'il en manque à *Hermione* aprés avoir promis de l'épouser, une heure auparavant.

SYLVIANE, *à Hortense.*

Taisez-vous. (*A Eraste.*) Je me justifieray de cette action devant tout le monde, s'il en est besoin. Cependant j'ay apris de Cleonte que vous devez deux fois plus que vostre bien ne vaut et que vous nous vouliez tromper. Le Ciel n'a pas permis que vous ayez reüssi, (*à Lysandre qu'elle prend par la main*) dont je luy en rends grace. Allons, Lysandre, je vous donne ma fille aux conditions que vostre pere m'a fait proposer. J'ay envoyé querir le notaire pour regler toutes choses.

LA VICOMTESSE.

Ah! ne vous en allez pas sans moy.

HORTENSE.

Ha! Madame, nous n'avons garde; passez devant.

 ERASTE.

Morbleu!

ALCIPE.

Voila ce que t'a valu l'*Andromaque*. L'auteur
te doit estre bien obligé. Mais allons, viens! Tu
n'as qu'à soûpirer quelque temps pour la Vicomtesse, dans les formes, et....

ERASTE.

Je feray ce que je voudray.

FIN.

Librairie des Bibliophiles, rue St-Honoré, 338

ÉDITIONS ORIGINALES

DE MOLIÈRE

Reproduction facsimilé

PUBLIÉE PAR Louis LACOUR ET D. JOUAUST

AVEC LE CONCOURS DE P. CHÉRON

Es éditions originales de Molière atteignent aujourd'hui dans les ventes des prix qui les rendent inabordables à la plupart des biblio‑philes. A peine en rencontre‑t‑on quelques‑unes dans les bibliothèques publiques. Aussi leur rareté n'est‑elle pas seulement un obstacle pour les curieux et les collectionneurs, elle est aussi très préjudiciable aux travailleurs qui ont besoin de ces éditions pour leurs études littéraires, et qui souvent perdent leur temps en démar‑ches inutiles pour se les procurer. Nous pensons donc rendre un service aux uns et aux autres en continuant la publication des éditions originales de Molière.

Le tirage est fait à 350 exemplaires sur très beau papier vergé, plus 20 sur papier de Chine et 20 sur papier Whatman. Comme il n'a pas été tiré d'exemplaires sur papier Whatman pour les deux premières pièces, *l'Amour medecin* et *les Precieu-ses ridicules*, nous avons décidé, malgré le sacrifice que cette détermination nous imposera, de les réimprimer exprès, à 20 exemplaires, sur papier Whatman, afin de pouvoir offrir la collection complète aux amateurs qui voudront l'avoir sur ce papier.

EN VENTE :

L'Amour medecin (avec la gravure)	5	fr.
Les Precieuses ridicules	5	»
L'Estourdy	7	»
Sganarelle	6	»
Dépit amoureux	9	»
L'Escole des Femmes (avec la gravure)	9	»
La Critique de l'Escole des Femmes	6	»
L'Escole des Maris (avec la gravure)	7	»
Le Mariage forcé	5	»
Le Bourgeois gentilhomme	10	»
Les Fascheux	6	»
Le Médecin malgré luy (avec la gravure)	8	»
Le Misantrope (avec la gravure)	8	»
Le Sicilien	5	»
Tartuffe	8	»
Monsieur de Pourceaugnac	8	»
Amphitrion	7	»
L'Avare	10	»
George Dandin	9	»
Les Fourberies de Scapin	7	»
Les Femmes sçavantes	7	50
Psyché	7	»
Les Plaisirs de l'Isle enchantée et la Princesse d'Elide	9	»

Sous presse : *Le Malade imaginaire.*

Les éditions originales de Molière sont actuellement complétées par la *Nouvelle Collection Moliéresque*, recueil de pièces rares et curieuses relatives à Molière, publié, par M. Paul Lacroix, dans le même format et les mêmes conditions typographiques. — Pour se renseigner sur cette dernière collection, demander le catalogue de la *Librairie des Bibliophiles.*

AVRIL 1881.

A PARIS

DES PRESSES DE D. JOUAUST

Imprimeur breveté

RUE SAINT-HONORÉ, 338

www.ingramcontent.com/pod-product-compliance
Lightning Source LLC
Chambersburg PA
CBHW060816250626
47162CB00005B/1822